Gottfried Fankhauser

Der Wedelemacher

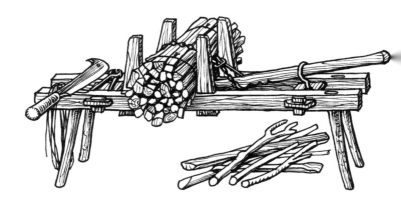

Gottfried Fankhauser
Der Wedelemacher

Eine Erzählung aus dem Emmental

Blaukreuz-Verlag Bern

Das Buch erschien erstmals 1946
im Heinrich Majer Verlag, Basel

8.–9. Tausend 1995

© by Blaukreuz-Verlag Bern 1990
Umschlaggestaltung: Klaus Oberli
Umschlagfoto: Hans Raußer
Satz und Druck: Schlaefli & Maurer Spiez
Bindearbeiten: Schumacher-Sauerer Schmitten FR

ISBN 3 85580 278 5

Peter findet eine neue Heimat

Dicht gesät sind die Wohnstätten der Menschen in unserm lieben Schweizerland in den Gegenden, wo sie einen ordentlich ebenen Raum finden zum Stehen, ganz abgesehen von den Häuserhaufen in den großen Dörfern und den Städten, von denen sich schon einige den Namen Großstadt beigelegt haben. In größeren Abständen sind die Siedlungen da zu finden, wo sie sich mühsam ein leidliches Plätzchen suchen müssen, und erst recht da, wo sie nur kleben können an den stotzigen Börtern, zwischen waldigen Hängen. Und aus solchen besteht das Emmental, besonders in seinem obern und obersten Teil, fast ganz. Da ziehen sich vom breiten Haupttal weg die Seitentäler, immer noch einen ansehnlichen Streifen schönen Mattlandes aufweisend, mit breiten, behäbigen Bauernhäusern besetzt. Aber von da aus gehen von links und rechts die Tälchen dritter, vierter bis siebenter Ordnung, Gräben genannt; denn tief hat sich von Urzeiten her das Wässerlein, das zu Zeiten ein Wasser, ja ein Strom genannt werden muß, zwischen die Bergzüge eingegraben. Nicht überall hat es geizig nur für sein eigenes Bett gesorgt wie seine großen Schwestern in den Schluchten des Gebirges; da und dort hat es sich mutwillig und großzügig ausgebreitet, bis Menschen ihm einen engern Weg wiesen, seine vorgetane Arbeit sich zu Nutzen machten und immerhin ganz nette Matten und Mättelein ihm abnötigten. Mancher Graben fünften oder siebenten Ranges jedoch blieb karg, behielt nur seine eigene Existenz im Auge, so daß das Tal in seinem Querschnitt das Bild eines lateinischen V zeigt. Dunkler Tannenwald verdeckt das steinige Rinnsal und zieht sich die steilen Abhänge hinan.

Doch da und dort ist die rasch aufsteigende Linie unterbrochen durch eine Art Terrasse, die zwar nicht tafeleben ist, immer noch eine mehr oder weniger starke Neigung aufweist, aber doch, gut entwässert, seit Menschengedenken fette Wiesen und fruchtbare Äcker trägt. Und mitten drin steht das Bauernhaus, nicht so breit und behäbig wie drunten im Haupttal, aber immer noch ansehnlich, wohnlich und heimelig. Einsam steht es da, kein noch so lauter Ruf erreicht des Nachbars Haus. Kein Wunder, daß da noch Menschen leben eigener Art, deren Wesen nicht abgeschliffen ist durch den lebhaften Verkehr der neuen Zeit. Es sind Menschen mit Köpfen, aber auch mit Herzen, und tief empfinden die Herzen Freud und Leid.

So ungefähr sieht es aus, und so sind die Leute im Kohlgraben. Nicht etwa von Kohl kommt der Name, sonst müßte er Kabisgraben heißen; denn «Kabis» wird hier überall dies geschätzte Kraut genannt. Der wird zwar auch im Kohlgraben gepflanzt; aber anderswo, dort im breiten, feuchten Tal ennet der Aare, ist sein rechter Heimatboden, in dem er seine durstige Kabisseele nach Herzenslust netzen und letzen kann. Nein, der Kohlgraben hat seinen Namen von der Kohle, der Holzkohle, die dort bis vor einem Menschenalter, als man noch die Glätteisen mit Holzkohle heizte und auch der Schmied sie gebrauchte, in dieser holzreichen Gegend gebrannt wurde. Heute machen sich Kinder das Vergnügen, in dem einzigen kleinen Mätteli neben dem Bach Kohlenstücklein unterm dünnen Rasen hervorzugraben, um damit auf die weißen Bachsteine und Platten ein neckisches Sprüchlein zu schreiben oder Männlein und Weiblein zu zeichnen. Alte Leute erinnern sich, daß an diesem Platze der mächtige Kohlenmeiler stand.

Über die alte, gedeckte Holzbrücke, die über das Flüßchen im Haupttal, das zwar auch schon ein Nebental ist, in den Kohlgraben führt, wanderten am Nachmittag eines schönen Herbsttages zwei ungleiche Menschenkinder, ein Bauersmann, auf dessen gebräuntem Gesicht schon mehr als vierzig Jahre Sonnenschein und Regen, nicht zum wenigsten die kalte Bise, ihre Spuren eingezeichnet hatten. Neben ihm her trippelte ein bleiches Büblein von etwa zehn Jahren. Wohl zwei- oder dreimal mußte es mit seinen magern Beinchen vorwärts stellen, um einen der langen, wenn auch langsamen Schritte seines großen Begleiters einzuholen. In der Hand trug es ein leichtes Büntelein, von einem bunten Taschentuch zusammengehalten, zwischen dessen Zipfeln etwas Wäschzeug und das Ende eines unbestimmbaren Blechröhrleins hervorguckte. Lustig klapperten jetzt seine ausgelaufenen Holzbödelein auf dem harten, unebenen Karrweg; aber auf seinem schmalen Gesichtlein war nichts von Lustigkeit zu lesen; ein Schatten wie von Kummer und banger Erwartung lag auf den grossen blauen Augen.

Bisher war der Weg an der Seite des Baches und das Büblein schön an der Seite seines Begleiters geblieben. Jetzt aber ging's ziemlich steil den Rain hinauf, und der Kleine vermochte nicht mehr recht Schritt zu halten mit dem Großen. «Bischt müed?» fragte jetzt der Mann, und als das Büblein leise und schüchtern bejahte, sagte er gutmütig: «So wei mer e chli leue!» Er setzte sich aufs Wegbörtlein und bedeutete dem Kleinen mit der Hand und mit freundlichem Gesicht, neben ihm Platz zu nehmen. Es war bis jetzt wenig geredet worden auf dem Weg zwischen den zweien. Der Mann hatte viel zu denken, vielleicht über etwas, woran er nicht gern dachte, war überhaupt nicht gerade einer von den Redigen. Und das Büblein war kein unschenierter Stadtgof, war still, tat schüchtern. Aber jetzt suchte der Ältere doch ein Gespräch anzuspinnen. Ob es ein großes Dorf sei, das, wo er, der Peter, gewohnt habe, ob es dort schöne Bauernhöfe gebe, ob viel ebenes Land sei, wo man die Gusti auf die Alp tue im Sommer und die Kühe weiden lasse im Herbst auf den Matten. Und derlei noch manches gwunderte er. Aber der gute Mann bekam kaum eine andere Antwort als ein leises Ja oder Nein; es war, als ob dem Kleinen der Hals zugeschnürt sei. Da versuchte der freundliche Mann an einem andern Trom anzuknüpfen. «Jetz säg mer doch, Peter, warum hescht du di hüt eso grüsli gwehrt, es Tröpfli Wy z'treiche im Wirtshus na der Verdinggmein? Es hätt dr doch guet ta?»

«J ha drum – i ha drum e Gruuse drvor!» sagte Peter.

«Eh warum de, er ischt doch so schön rot!»

«'s ischt wägem Vatter», gab Peter zögernd zur Antwort, und schon stieg in seine Augen ein verdächtiges Naß.

«So so, wägem Vatter. Het er ne-n-öppe bsungersch gärn gha?»

«Ja, viel z'gärn und der Branntewy o», kam es schluchzend heraus, so daß der Mann für gut fand, ein wenig innezuhalten.

«U de di Mueter?» fragte er nach einer Weile weiter.

«Ds Mueti . . . ds Mueti . . .», er brachte es fast nicht heraus . . ., «es het viel brieget, we dr Vatter ohni Gäld ischt heicho, u so bös . . . z'tod brieget het es si.»

Der Mann hatte ein zarteres Gefühl, als man nach seinem Äußern hätte schließen können; er fragte nicht nach Vorkommnissen, die er sich ja denken konnte.

«So deßtwäge hescht du ke Wy welle?» sagte der Mann mit ernstem Gesicht.

«Ja, und wil ds Mueti no, wo's zum Stärbe cho ischt, zu üs Chinder gseit het: Versprächet mer, daß dir nie, nie in euem Läbe Wy u Schnaps u süscht Geistigs weit trinke!»

«So u du heschs versproche, un du haltisch es o. Das ischt rächt, blyb nume drby. Ietz bin i froh, daß i dr Milch u Brot ha la gäh. Du hescht e gueti Mueter gha, Peter.»

Ein Tränenstrom war die Antwort, und man hörte nichts mehr als ein unterdrücktes Schluchzen und das Rauschen des Bächleins. Sie setzten den Weg fort und gelangten bald aus dem Waldstreifen hinaus auf die Matte. «Lueg», sagte der Mann ablenkend, «dert ischt di ungerschti Chohlmatt, hie gradübere die mittleschti u dert hinger de Tanne die oberschti; dert sy mer deheime. U dert obe a dr stotzige Site grad ungerem Wald, dert ischt ds Chohlmatthüsli, u dert z'hingerischt überem Wald dr Schafgrat. Ietz sy mer gly am Ort.»

Nach dem Überschreiten eines eingeschnittenen Quergrabens näherten sie sich einem breiten, niedrigen Haus, unter dessen weitausladendem, grauem Schindeldach die kleinen Fenster wie gwundrige Augen hervorlugten, als wollten sie fragen, wen der Bauer denn da heimbringe. Schon kam Ringgi, der Dürrbächler, in großen Sätzen daher, umwedelte und umsprang seinen Meister freudig bellend, stutzte aber und begann zu knurren, als er das fremde, furchtsame Büblein hinter ihm sah. Aber als der Mann freundlich seinen Arm um Peters Achseln legte, gab er sich zufrieden und beschnoberte nur dessen Bündel und Hosen. Auf dem Läubli vor der Küchentür erschien jetzt eine festgefügte, robuste Frauengestalt in den besten Jahren. «So äntlich! 's ischt neuen afe Zyt!» rief sie mit nicht gerade zärtlicher Stimme ihrem Manne zu. «Aber was bringscht du da für ne chlyne Chnopf?» fuhr sie fort, als hinter dem breiten Rücken des Mannes das schmale Büblein zum Vorschein kam. «Das wird doch öppe nid üse Hüeterbueb sölle sy!» – «He wohl, äbe, das sött ne sy!» sagte der Mann etwas kleinlaut. «Stell ihm öppis uuf; er hets nötig!» «O Hansueli, was bischt du doch für ne Göhl, es settigs Grööggeli hei z'bringe. Wohl, a däm wirscht e bravi Hülf ha! Was het me doch mit däm Mannevolch! Es het und het ke Verstang!» Hansueli hörte die letzten Worte nur noch von weitem; er mußte sich sputen, andere Kleider anzulegen, mußte in den Stall. Und er war recht froh, mit gutem Grund den ersten gefürchteten Augenblick abkürzen zu können.

Inzwischen hatte Trini, so hieß die Frau, das verdatterte Büblein in die Stube gemustert und hinter den Tisch gesetzt, auf dem Kaffee, Brot, Käse und Anken bereit standen. Sie schenkte ihm ein, und: «So ietz iß», befahl sie, «we du doch ietz da bischt!» Aber der Peter tat scheu, mochte nicht recht, es würgte ihn im Hals, und von neuem war ihm das Weinen zuvorderst. «E was hescht, wirscht doch nid welle so-n-es wunderligs, schnäderfräßigs Büebi sy! Du hesch es doch nötig, wie mir schynt; bi üs mueß men ässe, so ma me de o wärche!» Und sie schnitt ihm eine Scheibe von dem mächtigen Bauernbrot ab, so groß wie der Halbmond, strich ihm eine Lage Butter drauf, fast so dick wie die Brotscheibe, und noch gehörig Honig obendrauf. Da lief dem Büblein doch das Wasser im Mund zusammen, – im Wirtshaus bei den vielen Männern hatte es nicht recht essen mögen, – und sachte zuerst, dann immer getroster griff es zu, biß hinein, immer tiefer, und der ersten Schnitte folgte eine zweite, ja eine dritte. Das lächerte das Trini; denn geizig, das muß man sagen, geizig war es nicht, es mochte den Leuten das Essen gönnen; aber wärche, wärche sollten sie dafür auch. So hatte es sein Gutmeinen gezeigt, was es mit Worten nicht so gut konnte; aber der Bub hatte es verstanden.

Dann mußte der Peter sein Büntelein zeigen, Trini knüpfte es auf, packte aus, eins ums andere. «E du min Troscht», entfuhr es ihm, «was für dünni Hemmeli, siebemal blätzet, u di Strümpfli, aglismet u gflickt, u die eländi Naselümpli! E bhüetis!» Aber das gemühte den Buben, daß man sein Zeug so geringschätzig behandelte. Das Blut schoß ihm in die Backen, und fast stolz kamen seine Worte: «Das het mer no mis Mueti zwäg gmacht, und es hets nid besser vermöge!» Aber schon lief ihm das Augenwasser die Backen herab, weil er an seine Mutter gedachte. Da wollte Trini ihn doch beschwichtigen. «He ja», sagte sie, «es ischt doch alls suber u flyßig gflickt. Und jetz hör uf gränne, lueg, bi üs sollisch es nid schlächt ha. Aber was Donnstigs chunnt de da vüre? E Flöte, ja und e Mulharpfe! Das hingäge hätt me dr nid bruucht mitz'gäh, settigs unützes Züg, u drfür nume zweu Hemmeli u gar keni Chleidli, als was d'anhescht! Wo hescht du das här?» – «I ha's verdienet mit Roßmischten uf dr Straß.» – «So, anstatt das Gäldli für Wichtigersch z'bruuche. Ja, ja, liederlichs Volch! So, nimms, u chumm mer nid meh unger d'Ouge drmit! – Ja, i gseh scho, mir müeße ungsuumet d'Schnydere ha, so chönne mir di nid unger d'Lüt lah!» – Nun zeigte sie ihm das Gaden, wo er dann schlafen sollte, tat seine Sächelein in das Tröglein vor dem Bett, und «ietz chumm, hilf dem Stüdi Härdöpfel rüschte!»

So saß Peter denn mit Stüdi, einer schon bejahrten Magd, am Küchentisch und rüstete Kartoffeln für die Abendsuppe. Stüdi war nicht weniger enttäuscht als Trini über den kleinen Ankömmling. Es hatte sich einen Helfer versprochen, der an seiner Statt die Milch zur Käserei tragen werde, was seinem oft müden Rücken mehr und mehr beschwerlich geworden war. Und nun war seine Hoffnung zu Wasser geworden; denn das sah es auf den ersten Blick, dem schmächtigen Zehnjährigen konnte man unmöglich die schwere Milchbrente aufladen. So war es ein wenig mißgestimmt, als es dem Peter das Schnitzerlein in die Hand gab. Doch heiterte sich sein Gesicht recht bald auf, als es sah, wie geschickt er das Messerlein handhabte, ja es lächerte es beinahe, als es bemerkte, wie vertraut er mit den Erdäpfeln und dem Schnitzerlein war und wie er alle Sorgfalt anwendete, ja nur eine ganz dünne Rinde abzuschälen und die Augen der Knollen sparsam auszustechen. Schon ganz versöhnt sagte es: «Me gseht, daß du hescht glehrt spare. Aber weischt, bis üs chunnts nid so druf a; was mir nid ässe, chunnt de Säue z'guet!» Sie kamen bald ins Gespräch, und das Stüdi meinte nachher zur Frau: «Das ischt es liebs u aschtelligs Bürschtli!»

«Channscht o bätte?» fragte Hansueli den Peter, als sie alle zum Nachtessen um den Tisch saßen, und als Peter nickte, hieß es: «Henu, so bätt!» Es kann in der Kirche nicht stiller sein, und sicherlich lauschte die Zuhörerschaft dort in der Bauernstube mit größerer Spannung als auf eine Predigt, als Peter sein Tischgebet sprach:

> «Herr, wir kommen zu dem Essen;
> laß uns deiner nicht vergessen,
> denn du bist das Lebensbrot.

Speis die Leiber, stärk die Seelen,
die wir dir jetzt anbefehlen;
steh uns bei in aller Not.
Hilf uns, daß wir nach der Erden
deine Gäst im Himmel werden! Amen.»

Schön laut und deutlich hatte Peter gesprochen, mit ganz natürlicher Betonung, nicht anders, als wie man sonst redet. Hansueli hatte sonst dieses Amt inne, wie es sich eigentlich einem Hausvater geziemt; aber nur in Ermangelung eines Kindes hatte er's seit seiner Jugend beibehalten. Es war ein anderes Gebet gewesen, so wie er's von seinem Ätti und dieser vom Großätti her hatte. «Aller Augen», so hatte es angefangen. Und er hatte es auch anders gebetet, so langsam und so eintönig, wie er's gewohnt war und wie er glaubte, daß man mit dem lieben Gott reden müsse. Und nun dieser junge, frische Ton und dieses neue Gebet! Es war wirklich kein Wunder, daß die Hände der Großen noch eine ganze Weile gefaltet blieben, so mußten sie das Neue und Ungewohnte chüstigen. Hansueli war recht froh, daß er nun sein Amt weitergeben konnte.

Aber jetzt ging's an die Kartoffelsuppe, die dampfend auf dem Tische stand und so kräftig nach Majoran duftete. Aber war das wirklich nur eine Suppe? Der Löffel blieb ja drin stecken, und wenn man ihn herauszog, spannen sich lange Käsfäden vom Teller bis zum Mund. Und dann stand da noch eine gewaltige Kachel mit ungekochter Milch, auf der sich eine Schicht Nidle gebildet hatte. Alle langten abwechselnd mit ihren Löffeln dahinein, und als Peter zögerte und sich fragend umschaute, ob er auch dürfe, ward ihm die Ermunterung: «Nimm nume, nimm! das wird di de scho mache z'wachse!» Unwillkürlich kam ihm das Wassersüppli vor von daheim, und der durchsichtige Kaffee, der nur durch ein paar Tröpfli Milch schon weißlich gefärbt wurde, und fast wäre ihm beim Gedanken an sein armes Mütterlein eine Träne in die Suppe geronnen. Aber er aß und wurde satt, und nach dem Essen sprach er das Dankgebet.

Was der gute Hansueli am selben Abend noch zu hören bekam, war keine erbauliche Predigt. Es habe doch geheißen, es sei noch ein großer starker Bub da, warum er sich nicht für diesen gewehrt habe, warum er sich habe übermaulen lassen. Und als Hansueli sagte, der Große habe ihm neue nicht besonders gefallen, er habe ein freches Gesicht, und der schüchterne Kleine habe ihn erbarmt, da fuhr sie erst recht zweg. Ja, ja, sie glaube schon, daß er ihm nicht Meister geworden wäre, so ein Schlabi wie er sei, aber dafür wäre doch sie dagewesen, sie hätte doch sehen wollen, ob sie dem nicht die Faxen hätte austreiben können, ja wolle. Es sei wohl gut, daß sie die Hosen anhabe hier auf der Kohlmatt; bhüetis Trost, wie ginge das sonst hingerahe. Ja nun, jetzt müsse er es büßen, könne schauen, wie spät es Feierabend gebe jetzt im Herbst, wo alles gemacht werden müsse. – «Henusode», sagte Hansueli, «a dir ischs, der Peter rächt ufz'fuettere, wirscht gseh, ob das nid no-n-es bravs Chnächtli wird. Jetzt ischt er emel da, u zruggbringe tue ne nid.» «Wirscht mer nid öppe no der Gyt welle fürha, süscht sägs nume grad use, so weiß i woran i bi!» «O nei, sälb nid, bischt e gueti Husmueter», beschwichtigte er. «Aber ietz wotti schlafe, bi müed.» Und damit drehte er sich aufs bessere Ohr und vernahm das ausklingende Brummen nur noch wie aus weiter Ferne.

Peter hatte nur durch die Stubendiele hindurch gehört, daß da unten noch heftig geredet wurde, aber verstanden hatte er zum Glück nichts, hatte auch nicht extra die Ohren gespitzt; denn er hatte anderes zu käuen. «Chaischt mer Müeti säge», hatte Trini ihm beim Gutnachtsagen erlaubt. Müeti! er hatte keine Ahnung davon, wie sie plangte, den Mutternamen zu hören, wie es ihr ein Leid war, nach fünfjähriger Ehe noch immer nur Trini zu heissen und sonst nichts. Das wußte er nicht, aber unwillkürlich stieg ihm das Bild seines Mütterleins vors Auge, so sanft, so lieb, aber so bleich und schwach und so sorgenvoll. Und neben das Bild seines geliebten Mueterlis trat nun dasjenige dieser großen, robusten, rotbrechten Frau mit der rauhen, tiefen Stimme. Und die sollte er nun Müeti nennen! Konnte er das von Herzen? Noch im Traume sah er die beiden Ungleichen nebeneinander stehen, und die Tränen rannen ins Kissen.

Als er am Morgen erwachte, war's schon heiterer Tag, aber alles still im Hause. Rasch kleidete er sich an und schlüpfte durchs Ofenloch hinunter in die Stube. Da stand sein Morgenessen auf dem Tisch, Kaffee und Rösti. Man hatte ihn schön ausschlafen lassen wollen so am ersten Tag. Das rührte ihn. «Es ist doch auch etwas von einer Mutter in dieser Frau», kam es ihm. Ja, er wollte Müeti zu ihr sagen.

Er trat vors Haus, schaute sich um, kein Bein war weit und breit zu sehen. Jetzt erst konnte er sich die Umgegend beschauen, konnte sehen, wo er eigentlich sei. Da lag der Garten vor dem Haus, rings die Matte, nach unten fast eben auslaufend, nach oben gegen den Wald zu in ein stotziges Bort ansteigend. Und alles ringsum abgegrenzt mit einer Wand von dunklen Tannen. Keines Nachbars Dach ist zu entdecken; gradaus auf der anderen Seite des Grabens der Bergabhang, steil, schwarz, mit Tannen bewachsen, nur da und dort untermischt mit dem rötlich angehauchten Laub einer Buche. Nur oben, wo der Wald aufhört, noch ein schmaler, hellgrüner Streifen, die Bergweide. Einsam ist es hier, und den Nacken muss man fast verrenken, um den Streifen blauen Himmels zu sehen. Und die Stille! Zwar der Hahn krähte, die Hühner gackerten, und ein Weih, ein Bussard, der in blauer Höhe wundervolle Kreise zog, ließ sein Hiäh, Hiäh hören. Wie ganz anders war's doch im großen Dorf drunten im breiten Tal, wo weit der Himmel sich wölbte, wo die Schneeberge aus der Ferne über die niedern Hügel hereinlugten und auf der Abendseite die blaue Kette des Juras das Blickfeld abschloß. Und am Kirchturm schlug's alle Viertelstunden die Zeit, und schon am frühen Morgen erscholl Wagengerassel von der Straße, und die fröhlichen Stimmen der Buben und Mädchen ließen sich hören. Wie eng wurde es ihm ums Herz im engen Graben! Zusammenklemmen wollte sich die junge Brust. Fliegen hätte er mögen, wie der Weih, über alle Berge hinweg in sein altes Dorf. Aber wo abstellen, zu wem Zuflucht nehmen? Keine Mutter hatte er mehr, der Vater fort, die Geschwister zerstreut dahin und dorthin, das Häuschen von fremden Leuten bewohnt. Bleiben mußte er, bleiben an diesem einsamen Ort neben der Welt; wie mit Gefängnismauern war er eingetan.

Aus seinen wehmütigen Träumen weckte ihn plötzlich eine muntere Stimme: «So, Peter, bischt o us de Fädere gschloffe?» Stüdi war's; es holte das Znünibrot, nahm den Buben mit hinauf über das Wäldchen in die Weid, wo man am Erdäpfelgraben war. Da konnte er Hand anlegen, die Kartoffeln auflesen, sortieren, in die

Krätten werfen; dessen war er kund und gewohnt, das hatte er drunten, wo alles zwei, drei Wochen früher war, diesen Herbst schon fleißig getan. Manchen Tag ging's nun an dieses Werk, von einer Tagheiteri zur andern, und am Abend im Bett brauchte sich der müde Peter nicht lange zu wälzen, rasch und traumlos schlief er ein.

Eine der vielen Herbstarbeiten löste die andere ab, dazwischen kam das Kuhhüten an ihn, dafür war er ja der Bub. Bald kannte er Blösch und Bläß und alle sechs Kühe und die Gusti und die drei Kälblein. Nicht nur nach ihrer Farbe, sondern auch nach ihrem Charakter und ihren Neigungen lernte er sie kennen. Melodisch, heimelig klang das Geläute der schönen Herdenglocken in sein musikalisches Ohr, weckte bald auch die Erinnerung an seine liebe Flöte, die tief im Trögli und in seinem Gemüt begraben lag. Durfte er's wagen, ihr wieder die lieben Töne zu entlocken, da doch die Hausmutter so abschätzig von ihr gesprochen hatte? Eines Tages, als den Kühen ein etwas abgelegener Weideplatz angewiesen war, wagte er's, grub sie hervor, steckte sie in den Hosensack, behutsam zwar und fast ein wenig mit bösem Gewissen. Überrascht streckten die guten Tiere ihre Köpfe in die Höhe, als die ersten Töne erklangen vom Waldrand her, doch nur für einen Augenblick, nicht ließen sie sich stören in ihrer Arbeit. Freilich mußte er die streng warnende Stimme hören: «Daß d'mer nid ds Hüete versuumscht ob dir Dräckflöte u d'Chüe a Chabis laascht grate! Hüet di!» – Ja er hütete sich und hütete gut.

So ging ein Tag nach dem andern hin. Wohl blickte er oft zum blauen Himmel empor beim Hüten, oder zum Sternenhimmel des Abends, wo jetzt sein Mütterlein war, und ein leises Weh beschlich sein Herz. Wie müde er auch war, vergaß er doch nicht sein Abendgebet, das ihn sein Müeti gelehrt hatte. Aber je mehr er in Beschlag genommen war durch die Arbeit vom frühen Morgen bis zum späten Abend, desto weniger Zeit blieb ihm zum Träumen, zum Heimweh. Unvermerkt hatte er sich eingewöhnt in das neue Leben, in die neue, kleine Welt.

In Schule und Haus erlebt Peter Neues

Peter hatte in dieser Zeit beinahe vergessen, daß er auch einmal zur Schule gegangen sei. Es war ja auch hier oben, als ob weit und breit keine Schule wäre. Und doch war das Schulhaus in erreichbarer Nähe. Wenn Peter zum Krämer geschickt wurde, ins Tal hinaus, etwa eine halbe Stunde Wegs, hatte er vor einem Haus, das sich wenig von den Bauernhäusern unterschied, auf dem freien Platze einige Turngeräte bemerkt und daraus geschlossen, daß es das Schulhaus sein müsse. Es hatte ihn nicht sonderlich angeheimelt; seine bisherigen Schulerinnerungen und die damit verbundenen Gefühle waren nicht danach. Die Lehrerin, obschon nicht mehr ganz jung, hatte nichts Mütterliches an sich, war von räßer Art, hatte immer etwas zu kiflen, ließ keinen fröhlichen Geist aufkommen. Man hatte zwar bei ihrem strengen Regiment etwas gelernt; im ganzen Amt gebe es keine Unterschule, in der die Kinder so schön und exakt schreiben, so rasch und sicher rechnen, soll der Inspektor gesagt haben. Und Peter war einer der Geschicktesten gewesen. Aber es beschlich ihn doch ein banges Gefühl, so oft er jetzt am Schulhaus vorbeiging.

Zu einem Lehrer kam er, das hatte man ihm gesagt. Wie wird er sein, wie wird's mir gehen? waren seine erwartungsvollen Fragen. Je unlieber er an das Ende der schönen, langen Herbstferien dachte, desto schneller gingen sie vorüber.

Am Montag nach dem ersten Novembersonntag trabte Peter dem Schulhause zu. Die neue Halbleinkleidung, in die man ihn gesteckt, schlotterte noch recht luftig um sein schmächtiges Gestältlein und die dünnen Beinchen. Man hatte der Schneiderin streng befohlen, den Stoff nicht zu sparen, alles ja recht groß und weit zu machen, damit er drein wachsen und trüeijen könne. Mit dem Geschrei: «E Neue, e Neue!» sprangen die Buben dem Ankömmling entgegen, umringten ihn, beschauten ihn von oben bis unten, lachten über seine Kleidung, fragten ihn allerlei aus, ließen ihn aber, als sie nur trockene und schüchterne Antwort erhielten, ziemlich unbehelligt. Das weite, aber niedrige Schulzimmer sah mit seinen Fensterreihen auf drei Seiten aus wie eine riesige Laterne. Zu Peters Verwunderung waren da alle Altersstufen vertreten, von den kleinsten ABC-Schützen bis zu den halberwachsenen Buben und Mädchen. Mit Spannung sah Peter dem Erscheinen des Lehrers entgegen. Wie sieht der Mann aus, was hat er für eine Stimme, eine harte, kommandierende wie ein frischgebackener Korporal, oder wie ein Vater? – dieser Mann, dem man nun jahrelang übergeben ist zu Gedeih oder Verderb? O dieser erste Eindruck von einem Menschen, der für unser Leben irgend eine Bedeutung hat, wie tief prägt er sich ein, wie schwer läßt er sich korrigieren, namentlich zum Bessern!

Hier kam es gut, Peter war angenehm überrascht. Augenblicklich wurde es still, als der Lehrer eintrat und mit einem freundlichen «Guten Tag!» die Schar begrüßte, ein noch junger Mann, aber vom ersten Schritt an mit sicherem Auftreten. Gleich erblickte er den Neuen, der ihm angemeldet worden war, gab ihm die Hand, und als er einen kurzen Blick in sein Zeugnis getan hatte, ging ein sonniger Schein über sein Gesicht. Dann wies er ihm seinen Platz an, ungefähr in der Mitte des Zimmers bei den Gleichaltrigen. Wie staunte aber Peter, als der Lehrer nach dem Schulgebet die Geige zur Hand nahm, einen Choral anstimmte und mit seinen Tönen begleitete. Erleichterten Gemütes stimmte er ein in das bekannte Lied und sang mit so heller Stimme, daß mancher Mitschüler und besonders manche Mitschülerin sich unmerklich nach ihm umsahen. Der Unterricht ließ sich gut an, ja es zeigte sich, daß der Neue seiner Klasse in manchem Stück voran war. Und der Lehrer war einer von denen, die nicht fragten, wieviel Kühe der Vater im Stall und wieviel Geld er auf der Kasse habe, auch nicht, ob eines oder einer des Gemeindepräsidenten Kind sei oder nur ein armer Verdingbub, war nicht parteiisch, war gerecht. Peter spürte das bald heraus, und es war ihm ein Antrieb, sein Bestes zu leisten. Das hatte zur Folge, daß er im Kreise seiner Mitschüler wie eine kleine Respektsperson betrachtet wurde, und da er friedlicher Natur war, hatte er auch von den selbstbewußten Bauernbuben nicht viel zu leiden. So kam's, daß Peter den Schulweg gern unter die Füße nahm und das Schulhaus ihm auch ein Stück Heimat wurde.

Es kam ihm zwar zugut, daß er rasch und sicher auffaßte, nicht stundenlang an einer Rechnung oder an einer Liedstrophe knorzen mußte, ein gutes Gedächtnis hatte. Denn zu Hause blieb ihm nicht Zeit, lange an den Aufgaben zu sitzen. Da mußte er morgens und abends Hand anlegen, wurde vom Müeti vom einen zum andern getrieben, und oft, wenn er ein Schulbuch zur Hand genommen hatte, hieß es barsch: «Was woscht gäng d'Nase i d'Büecher stecke, das nützt hehl nüt; allee marsch, reich Rüebli zum Rüschte!» Oft kam es vor, daß er sich die Zeit für die zwar sehr mäßig zugeteilten Aufgaben im kalten Gaden beim spärlichen Laternenlicht von der Schlafenszeit abstehlen mußte. Denn das ließ er sich nicht nehmen, den Lehrer wollte er um jeden Preis befriedigen.

An manches Neue mußte sich Peter noch gewöhnen, so auch an neue Namen. Trini, das Müeti ohne Kinder, rief gewöhnlich nur Bueb! «Bueb, chumm gleitig, Bueb, mach das, mach äis! Bueb, gang mer dahi und derthi!» Stüdi, bei dem er wegen seiner mannigfaltigen Dienstleistungen einen Stein im Brett hatte, nannte ihn schon etwas zärtlicher Buebli, während Hansueli ihn väterlich mit Peekli anredete. Es ist recht bemerkenswert, wie wandlungsfähig die Eigennamen in der Mundart und namentlich in der Sprache der Emmentaler geworden sind. Während im Schriftdeutschen nur die Eigenschaftswörter eine Steigerung erfahren können, z. B. lang, länger, am längsten, – gut, besser, am besten, – erleiden im Volksmund auch die Personennamen ähnliche Abänderungen. Dabei ist die Zuteilung der verschiedenen Grade nicht etwa nur dem Zufall und der Willkür unterworfen, nicht aus der Luft gegriffen, unterliegt vielmehr den verschiedenen Umständen und Verhältnissen wie dem Alter, der Leibesgröße, den Charaktereigenschaften, der Verliebtheit, dem Besitz und dem Ansehen des Betreffenden, aber oft auch nur der momentanen Stimmung ihm gegenüber. So kann ein mit dem christlichen Namen Christen Getaufter, wenn er freundlich, freigebig, beliebt, kurz ein gäbiger Mann ist, ein Christen bleiben sein Leben lang, während ein anderer aus einem anfänglichen Christeli nach und nach ein Chrigeli, ein Chrigel wird, ja vielleicht, wenn er sich zu einem rechten Vierschröter, Knorzi und Geizhals auswächst und den höchsten Grad der Unbeliebtheit erreicht, sich den Superlativ Chrick gefallen lassen muß, freilich nur in seiner Abwesenheit. Es kann also vorkommen, daß der schöne Name bei dem gleichen Träger nach und nach alle diese Wandlungen durchmacht. Es mag bei diesen Abänderungen und Verstümmelungen auch ein Quantum Bequemlichkeit mitspielen; der Emmentaler hat lange Namen auf dem Strich; er sucht sie abzukürzen, dem ungelenken Mund gerecht und bequem zu machen. So heißt eine Katharina – freilich nicht nur im Emmental – seit alters einfach Käthi oder etwas lieblicher Kätheli, dann auch Trine oder Trineli, Christine wird zum Stini oder sogar zum Stüdi.

Eine solche Verstümmelung seines Namens mußte sich auch Peter gefallen lassen. Das zärtliche Peterli, wie er's von seiner lieben Mutter gewohnt war, bekam er nie mehr zu hören. Peekli war das Freundlichste, Peek das Gröbste. Wenn dieses kurze Wort mit scharfer Stimme erhallte, dann wußte er, daß nicht gut Wetter war. Seinen ursprünglichen Namen Peter vernahm er nur noch in der Schule vom Lehrer. Aber der Mensch kann sich an vieles gewöhnen, sogar ans Kranksein, sogar an den Hunger, an den Krieg! So gewöhnte sich Peter an die neuen Namen, und er hörte auf alle. Das war immerhin zu ertragen und manches andere auch.

Es war ein Winter, wie er der heutigen Jugend, namentlich in den Städten, als Ideal vorschwebt, ein glänzender Sportwinter. Aber zu Peters Jugendzeit waren Sport und Skis noch unbekannte Dinge; nur aus Bildern und aus des Lehrers Erklärungen zu einem nordischen Gedicht hatten die Schüler einen schwachen Begriff von den Brettern, mit denen man über den Schnee gleitet. So war der Schulweg für den kleinen Jungen oft genug ein Kampf gegen des Winters Macht und Tücke. Ein bsunderbar strenger Winter war es, solche Haufen Schnee, wie sie auf die Berge und in den Kohlgraben hinab geworfen wurden, hatte er noch nie erlebt. Es deuchte ihn, der Graben müsse ausgefüllt und ausgeebnet werden bis an das Haus hinauf. An manchem Morgen mußte er sich durcharbeiten, durchfressen durch den Schnee, fast wie jenes Kind im Märchen durch den süßen Brei, freilich mit dem Unterschied, daß der Schnee nicht süß und nicht warm war, sondern eisig kalt, und wenn ihm die Bise entgegenstand und ihm die Schneekörner ins Gesicht schmiß, verhielt es ihm manchmal den Atem, machte ihn schnopfen, und er mußte sich für einen Augenblick umwenden, um zu verschnaufen. Aber er hatte einen guten Kaffee und eine währschafte Rösti im Leibe und aussen dran warme Kleider und Überstrümpfe bis übers Knie hinauf, wahrlich nicht zur Hoffart, bis an die Hüfte stak er im Schnee. Trotz der warmen Umhüllung wäre ihm freilich der Schulweg oft sauer geworden, wenn ihm das Lernen auch sauer gewesen wäre. Das war nun zum Glück nicht der Fall; die Schule zog ihn an wie ein Magnet, und das half ihm alle Strapazen männlich überwinden. Doch nicht lange war's so schlimm; die Holzschlitten der Bauern, schwer beladen mit Trämeln, bahnten Pfad, und dann konnte auch Peter den kleinen Schlitten hervorziehen, und in sausender Fahrt ging's bis zur Brücke hinaus.

Die verwöhnten Leute und Leutlein in der Stadt, die schon murren, wenn nach einem Schneefall über Nacht nicht am Morgen vor acht schön alles aus dem Wege geräumt oder bei Frost schon überall gesandet worden ist, – sie ahnen nicht, mit welchen Hindernissen, welchen Unbillen der Witterung so manches Schulkind in abgelegenen Winkeln auf stundenweitem Weg am dunklen Morgen zu kämpfen hat, fast ums Leben. Aber sie ahnen auch nicht, wie dieser Kampf sie stählt, ihnen Zähigkeit, Unerschrockenheit und Mut verleiht.

So ging es auch Peter. Als endlich, freilich recht spät, Sonne, Föhn und Regen abwechselnd Meister wurden und auch im Kohlgraben der Schnee schmolz, da war er ein kleiner Mann geworden. Die mehr für die Zukunft als für die Gegenwart gemessenen Kleider, die ihm im Herbst nur so um die schmächtigen Glieder schlotterten, hatten sich merklich gefüllt, das schmale Gesichtlein hatte sich gerundet, und auf den vorher so bleichen Wangen malte sich ein frisches Rot. Wer am meisten stolz war auf diese Veränderung, das war Trini, das Müeti. Durfte sie sich doch, und nicht mit Unrecht, an erster Stelle diesen Erfolg zuschreiben. Bei ihren seltenen Ausgängen nahm sie den Buben mit, stellte ihn den Leuten vor, konnte sich nicht satt hören und sehen, wenn sie ungläubig die Hände über dem Kopf zusammenschlugen und sagten: «E aber nei, ischt das würklich der Peekli, das schmale, bleiche Buebeli! Gliedli sin ihm ja chum zämeghanget, und ietz ischt er e settige tolle Bueb worde! Wär hätt's gloubt! Ja, däm isch's guet gange, daß er zu euch cho ischt, 's ischt ihm z'gönne, däm arme Tröpfli. Ietz heit dr aber o scho e rächte

Chnächt an ihm.» O wie das dem Trini gramselte bis ins Herz hinein, wie das ihm wohltat! Der ganze Bub war ja sein Werk, gewiß, wer sonst hätte sich dessen rühmen können! Daß das Gedeihen eines Kindes auch noch von anderen Mächten und Umständen abhängig ist, als von Milch und fetter Rösti, daß man manches Kind in einen Ankenhafen stellen könnte, und es bliebe doch ein mageres Räbeli, wenn dieses andere fehlt, das bedachte das gute Trini nicht. Daß Segen und Gedeihen nicht nur beim Gwächs auf dem Feld, sondern ebenso bei Menschenpflänzlein in des Höchsten Hand steht, so hoch verstieg sich seine Einsicht nicht. Und wer ihm das gesagt hätte, daß es nur des lieben Gottes Handlangerin gewesen sei, den hätte es als nicht ganz bei Trost angesehen. Aber immerhin, es hatte getan, was ihm sein Kopf und auch ein bißchen sein Herz eingaben, und der große göttliche Kinderfreund, der verheißen hat: Was ihr an einem dieser Kleinen getan habt, das habt ihr mir getan! behielt es sicherlich in Rechnung, wenn vielleicht auch die Treibfeder zu Trinis Tun nicht ganz selbstlos und ohne Berechnung war. Denn so weit reichte Trinis Rechnungskunst, daß es sich sagte: Nur ein gutgenährter Bub wird auch ein gutes Knechtlein. Ach, vieler gescheiter Menschen Rechnungskunst reicht nicht einmal so weit!

Der Frühling hielt also auch im Kohlgraben Einzug und nachher der Sommer, beide mit viel Arbeit und wenig Schule. Ein Werk löste das andere ab. Und da zeigte sich, daß Trinis Rechnung keine falsche war. Peter war hinten und vorn dabei, auf dem Feld, auf dem Acker, im Stall, beim Roß, bei den Kühen, oft auch ums Haus bei den Scheiterbeigen oder auf dem Weg zu notwendigen Besorgungen. «Mir hei a däm Peekli scho es rächts

Chnächtli», sagte Hansueli etwa des Abends zu seiner Frau. «Mir wüßte gar nid, wie mersch ohni ihn sötte mache.» Er hätte es noch öfters gesagt, wenn ihm nicht jedesmal so recht deutlich in ausgiebiger Rede zu Gemüt geführt worden wäre, wer den Bub eigentlich zu dem gemacht hatte, was er nun immer mehr wurde, ein Bub für alles.

An einem regnerischen Sonntagnachmittag machte Peter Entdeckungsreisen in seinem Gaden, wobei er manche Spinne aus langjähriger ungestörter Beschaulichkeit aufschreckte. In einer versponnenen und verstaubten Ecke hing ein alter Militärkaput, den er bisher aus geheimem Respekt nicht berührt hatte. Doch jetzt wagte er's, ihn herabzunehmen, und was kam dahinter zum Vorschein? Ein langes, gewundenes, trompetenähnliches Messingrohr und daneben ein kürzeres, rundes hölzernes Rohr, eine Querflöte. Es waren Instrumente, die, wie er später vernahm, einst vor Installierung der Orgel in der Kirchenmusik gedient hatten und von einem Vorfahren des Hausvaters gespielt worden waren. Die Posaune, vor der er als einem biblischen, fast überirdischen Instrument eine geheime Scheu empfand, ließ er unangetastet, wogegen ihn die Flöte recht heimelig anmutete. Er reinigte sie, blies sie aus, probierte ihr Töne zu entlocken, spitzte und rundete den Mund bis es ihm nach einigen Versuchen gelang. Die Löcher waren zwar so weit auseinander, daß er seine Finger aufs äußerste ausspreizen mußte; aber er ließ nicht nach, brachte endlich die Tonleiter heraus, auf und ab, ja es gelang ihm schließlich schon ein einfaches Liedlein. Einen wunderbar süßen, einschmeichelnden Ton hatte das Instrument, viel angenehmer als sein etwas schrilles Blechflötlein. Er konnte sich fast nicht davon trennen und mochte den Augenblick kaum erwarten, der ihm erlaubte, sich wieder darauf zu üben. Trini schimpfte zwar weidlich über das langweilige Geflöte, das hehl nichts nütze und einem nur einen sturmen Kopf mache. Allein es wurde von niemand unterstützt als von dem ebenso unmusikalischen Ringgi, der gleich beim ersten Flötenton zu heulen begann. An Hansueli jedoch hatte Peter einen Fürsprech. Man müsse doch dem Bub auch ein Freudeli gönnen, wenn er sich so wacker gestellt habe bei der Arbeit, sagte er. Emel ihn freue es, daß die alte Flöte wieder geweckt worden sei aus langem Schlaf. Allemal wenn er sie höre, mahne es ihn an seinen Großätti selig und an seine eigene Jugendzeit. Das sei doch schön gewesen, wenn sie nebeneinander auf dem Bänklein gesessen seien, und der Großätti habe ein Stücklein ums andere gespielt. Seit alters sei etwas Musik in diesem Hause daheim gewesen, dem Großätti sein Ätti habe noch die Posaune geblasen in der Kirche, so schön wie ein himmlischer Posaunenengel, habe man gesagt. Ja damals hatte man noch Zeit; man meinte nicht, es müsse alles an einem Tag gewerchet sein, so schloß er, der Hansueli, mit einem Seitenblick auf sein Trini, das wie eine Wespe gerade vorbeischoß. Und allemal, wenn er mit dem Peter auf dem Bänklein saß und dieser die Flöte und er, der Hansueli, die Räuchlein aus seiner Pfeife blies, dann konnte man es dem Älteren von weitem ansehen, es war ihm behaglich zu Mute.

Am Nachmittag eines schönen Maiensonntags hatte sich Peter, um die Alten nicht in ihrer Ruhe zu stören und selber ungestört zu sein, mit seiner Flöte in eine etwas entfernte Waldgegend hinten im Graben begeben. Sein Spiel blieb freilich auch hier nicht ohne Zuhörer. Doch lächerte es ihn, als eine Amsel aus dem Gebüsch schlüpfte, den schwarzen Kopf drehte und sich verstohlen umsah nach dem ungewohnten musikalischen Konkurrenten. Sie tat, als ob sie scharf und kritisch lauschte, es waren ja verwandte Töne, aber ganz andere, ungewohnte Melodien. Dann schwang sie sich auf, um von einem Wipfel herab ihr Können zu zeigen, das denn doch noch bedeutend überlegen war. Es begann ein fröhliches Wettspiel zwischen dem großen und dem kleinen Musikanten, und der Schwarzrock mochte sich wundern, daß so viele Lieder und Triller möglich seien auf der Welt. «Henu», mochte sie denken, «andere Zeiten, andere Lieder, aber ich für meinen Teil, ich bleib beim alten, und was gilt's, das Älteste wird wieder das Neuste werden.» Peter machte sich dann den Spaß, den immer gleichen Triller des gefiederten Musikanten nachzuahmen; aber es schien ihm, vom Wipfel her erschalle nur ein spöttisches Lachen. «Was willst du mich Neues lehren, wenn du das Alte nicht einmal richtig herausbringst!» glaubte er zu hören.

Aus dem ergötzlichen Wettspiel und seinem Träumen wurde Peter plötzlich aufgeschreckt durch nahe Schritte, und als er aufschaute, stand der Lehrer vor ihm. «So», rief er lachend, «ischt das dä frömdartig Vogel, wo da liedet? Ha scho gmeint, e Nachtigall heig sich i üsi Tannewälder verirrt, und ietz ischs der Peter.» Er setzte sich neben den überraschten Buben aufs weiche Moos und begann gemütlich mit ihm zu plaudern. «So, du spilscht Flöte. Daß d'channscht singe und es guets Musikghör hescht, han i gwüßt; aber daß d'scho e chlyne Meischter bischt uf der Flöte, das ischt mer neu.» Und Peter mußte ihm berichten, woher er die Kunst und das Instrument habe. Dabei kam heraus, daß Peters Vater ein lustiger Musikant gewesen sei, der meisterlich das Klarinett blies, an allen Tanzsonntagen in den Wirtshäusern aufmachte, dabei ein schönes Geld verdiente, aber nichts davon heimbrachte. Mühsam war das herausgekommen aus des Knaben Mund, und der Lehrer fühlte, daß er ahnungslos eine alte Wunde in dem jungen Herzen berührt hatte. Ein warmes Mitgefühl stieg in ihm auf, und als Peter versicherte, er habe alles aus sich selbst gelernt, kam eine nicht geringe Bewunderung dazu. Er mußte sich des Knaben mehr als bisher annehmen; in dem steckte etwas Besonderes! «Weischt was», begann er nach einem kurzen Stillschweigen, «blib hie und da na dr Schuel es halbs Stündli by mer; de wei mer e chli musiziere; i tue gyge, und di Flöte wird si ganz fein mache derzue!» Ein kurzes Aufleuchten huschte über Peters Gesicht, sogleich aber senkte er traurig den Kopf und sagte leise: «Es wird nid gah.» – «Warum nid?» wollte der Lehrer wissen, und schüchtern kam die Antwort: «Trini, ds Müeti, tuet süscht wüescht mit mer.» Und als der Lehrer weiter forschte mit warum, wie und was, erfuhr er brockenweise, wieviel man ihm zumutete, wie stark er angespannt war vor und nach den Schulstunden. Immer meinte Trini, er könnte früher zu Hause sein, wenn er sich recht schicke.

Obschon der Lehrer noch nicht lange am Ort war, wußte er wohl, daß die Buben und besonders die Güterbuben schon wie kleine Knechte schaffen mußten, und wenn er's sonst nicht gewußt hätte, so hätte er's gemerkt an den oft so müden Köpfen und schläfrigen Augen in der Schule. Aber es dauerte ihn, daß die schönen Gaben, die Peter unstreitig besaß, brach liegen sollten, nicht zur Entfaltung gelangen konnten. Wie ihm auch der Bub abwehrte, mehr mit ängstlicher Miene als mit

Worten, er entschloß sich, mit ihm heimzugehen und bei dem gefürchteten Müeti Fürsprache einzulegen. Aber wohl, da kam er an die Unrechte. Er mußte erfahren, was an einem resoluten Trini abzubringen ist. «Ja, justemänd grad für das het men e Bueb», rief es ganz unscheniert, «daß er si Zyt mit Firlifanz u nütnutzige Sache vertribt! Dä söll lehre wärche un e tüchtige Chnächt wärde. Mit Pfyffen u Flöte wird er uf jedefall später sis Brot nid verdiene.» Kaum daß der Lehrer zu Worte kommen und einwenden konnte, es handle sich ja nur ein ungerades Mal um eine halbe Stunde. Er brachte nichts ab, als daß Peter etwa an einem Sonntag nachmittag zu ihm kommen könne, davor wolle sie ihm nicht sein, wenn er nicht vorziehe, den Sonntag zum Leuen zu benutzen, wie sie, die Alten, es vernünftigerweise täten.

So kam es immerhin dazu, daß Peter an einem regnerischen Sonntag es wagte, beim Lehrer anzuklopfen, und der machte sich ein Vergnügen daraus, sich mit dem anstelligen Buben abzugeben, wunderte sich nicht wenig darüber, wie weit er's ganz aus sich selbst schon gebracht hatte, gab Anleitung, führte ihn in Neues ein. Die Stunden gemeinsamen Musizierens wiederholten sich, und je seltener sie waren, desto festlicher erschienen sie Peter. Als dann zu Weihnachten an der bescheidenen Schulfeier der Peter ein liebliches Pastorale, ein Hirtenlied, spielen durfte, da gab es ein freudiges Erstaunen, und Trini sonnte sich sogar mit einem gewissen Stolz an der Bewunderung, die dem Bub gezollt wurde, und sein Brummen über das unnütze Flötenspiel wurde seltener.

So ging zwischen täglicher Arbeit und spärlicher Feierstunde und der nicht unangenehmen Schulpflicht die Zeit rasch dahin, ohne daß Besonderes sich ereignet hätte auf der einsamen Kohlmatt. Drei Winter und zwei Sommer waren schon an Peter, dem Güterbub, vorbeigegangen, nicht spurlos, er war gewachsen und zusehends erstarkt. Schon oft hatte er die Milchbrente gelupft, und sie hatte ihn von einem Mal zum andern immer weniger schwer gedeucht. Als Stüdi eines Tages etwas muderig war und über Gliedersucht klagte, hieß es am Abend, nun komme es an ihn, den Hüttenkehr zu machen. Wohl spürte er's am Abend im Rücken, aber es ging, und von da an ging's mit jedem Tag leichter, und so ward er regelmäßig der Hüttenbub. An Stüdi tat die Erleichterung Wunder, die Gliedersucht verschwand in kürzester Frist; dafür wuchs seine Anerkennung gegenüber dem Bub.

Auf seinem Weg zur Käshütte traf Peter mit Leuten zusammen, die er bisher nur von weitem gesehen hatte. Da war vor allem die Magd von der mittelsten Kohlmatt, eine kecke, gwundrige Maid schon etwas ältern Jahrgangs. Die versuchte ihm die Würm aus der Nase zu ziehen, ihn auszufrägeln, wie es stehe und gehe da hinten; besonders nahm sie wunder, wie es zusammen fuhrwerke bei Hansueli und Trini. Doch Peter, wie jung er auch war, verhielt sich klüglich, rühmte, was zu rühmen war, verschwieg das übrige, hockte aufs Maul. Aber je weniger sie auf ihre Rechnung kam, desto offener redete sie vor dem Bub, in der schönen Hoffnung, damit doch noch einiges hervorlocken zu können. So vernahm er manches aus der jüngsten Vergangenheit der Familie, das ihm bisher unbekannt geblieben war, ihn auch wenig bekümmert hatte. Ob es für die Ohren eines Dreizehnjährigen sich schicke oder nicht, darauf nahm die Schwatzbase wenig Rücksicht. So vernahm er denn, dass der gute Hansueli trotz des Drängens seiner Mutter gar so lange nicht habe heiraten wollen, obschon das Glück ihm beinahe vor dem Mund hing. Oh, sie habe wohl gemerkt, daß er ein Auge auf sie gehabt, und o heie, eine so gute Frau, wie das Trini, die Täsche, hätte er an ihr auch gehabt, nein, eine ganz andere. Aber er sei zu schüchtern gewesen, etwa an ihr Fenster zu klopfen oder sie gerade zu fragen, der dumme Lappi. Dann sei nach dem Tode seiner Mutter das Trini vom Schafgrat seine Haushälterin geworden, o wie die ihm gehöbelet und geküderlet habe, wohl, die habe es verstanden, ihn einzusalben nach Noten, bis sie im Ankenhafen saß. Der gutmütige Tschopen, der Hansueli, habe nicht gesehen, was er sich da für ein böses Räf auflade, habe sich nehmen lassen. Jetzt habe er's, es geschehe ihm recht, hätte er besser geschaut. Aber dauern könne er sie einewäg; er hätte eine Bessere verdient, eine Freinere, Liebere. Nun müsse er bös haben, könne nicht genug werchen und raggern, und keine gemütliche Stunde sei ihm geblieben. Sie aber, die Trine, habe nicht einmal Zeit, ein Kind zur Welt zu bringen. – Die Plaudertäsche mochte in manchem recht haben, dachte Peter, aber sagen tat er's nicht, suchte im Gegenteil mit kurzem Einwand zu beschwichtigen, unterließ nicht zu sagen, gegen ihn sei sie recht, er habe nichts zu klagen. Aber verhindern konnte er nicht, daß sie Tag für Tag immer aufs gleiche unleidliche Thema verfiel. Er begriff gar nicht, warum ihr das so wichtig war; aber die geneigte Leserin begreift's.

Eines Abends gesellte sich die gewohnte Begleiterin mit ungewohnter Hast zu ihm. «Du Peekli», platzte es aus ihr heraus, «geschter hani ds Trini gseh. Mit däm ischt's öppis angersch; ischt dir nüt ufgfalle?» Und als er getrostlich verneinte, fuhr sie fort: «Bischt halt no e dumme Bueb, weischt chuum, wo d'Ching härchöme. Zell druf, bi euch gits i churzem e Neuigkeit! Wär hätts gloubt, acht Jahr na dr Hochzit! Henu, ietz het si's doch erzwängt. Ob da nid . . .» und sie machte anzügliche Bemerkungen, die der Junge nicht verstand.

In den nächsten Tagen fiel dem Bub wirklich etwas auf. Trini schoß entschieden weniger häscherig herum, überließ die schwerste Arbeit andern, hielt sich mehr ans Hauswesen. Und auch bei Hansueli war eine Veränderung festzustellen. Er war heiterer, gesprächiger, ja einmal überraschte ihn Peter im Stall, daß er ein lustiges Liedlein pfiff. Etwas Besonderes mußte also in der Luft liegen. Aber was?

In der Tat war Trini auf dem Wege, wirklich Mutter zu werden. Das war ja schon lange sein geheimes Leid gewesen, nur Trini zu heißen und nicht Müeti zu sein. Ein Bub, ein Bub muß es sein! das stand ihm fest, ein Erbe für das schöne Heimwesen. Jetzt erst wußte es, wofür es schaffte und sich abschindete. Und ganz Angst wurde ihm, daß es jetzt, gerade jetzt, nicht mehr so stark in die Stricke liegen konnte. Und als der Hansueli meinte, he, man werde wohl nehmen müssen, was komme, er sei auch ganz zufrieden, wenn's ein Mädchen sei, wenn nur alles gut vorbeigehe, da wurde es ganz böse. «Nüt ischs! E Bueb wotti! Däich doch, du Göhl, was hescht ame Meitli!» Als man aber eines Abends die alte Hebamme eilig auf die Stör rief und etwas vorging in der Nacht, da war der Bub – ein Mädchen. Ein herziges Meiteli war's und so zierlich, daß man sich verwunderte, wie die große, starke Frau nur solch ein winziges Kindlein zur Welt bringen konnte. Trinis Enttäuschung war groß: «Abah, nid emal e Bueb gönnt mer dr Liebgott!»

war sein erstes Wort. Ob wie die andern rühmten, was für ein schönes Kind es sei, es selber hatte nur einen verächtlichen Blick dafür. Hansueli dagegen machte sich dankbar und frohen Mutes auf den Weg zum Zivilstandsamt, um den Namen Katharina anzugeben; denn in der Eile und Überraschung war weder ihm noch der Mutter ein anderer Name eingefallen. Aber es war bei ihm ausgemacht, daß es nicht ein Trini, sondern ein Kätheli werden solle.

Ein Hoffnungsschimmer erlischt,
aber ein Trostlichtlein geht auf

Peter war nun schon ins letzte Schuljahr eingetreten. Sie war ihm hier lieb geworden, die Schule; denn da war Leben. Er spürte, da bekam er etwas für seinen regen Geist, da wurde etwas in ihm aufgebaut. Der Lehrer war eben kein bloßer Schulhandwerker, kein bloßer Beamter, der die Stunden nur so pflichtmäßig absaß, er war von ganzem Herzen dabei, ja mit Begeisterung; die Schule war sozusagen seine erste Liebe. Peter hatte es auch vom ersten Tage an gefühlt, der Lehrer hatte ein Herz für ihn, den elternlosen Knaben, in dessen Seele noch dann und wann das Heimweh nagte. Wie er später selber aus des Lehrers eigenem Munde vernahm, hatte dieser auch eine notvolle Jugendzeit durchgemacht, hatte seine Eltern früh verloren, viel Heimweh ausgestanden, war nicht glatt nur von einer Schulbank auf die andere gerutscht, hatte mit viel Hindernissen zu kämpfen, bis er in schon vorgerückten Jahren endlich sein Ziel erreichen konnte. Das hatte ihm die Augen geöffnet für anderer Not und das Herz erwärmt für die Benachteiligten, Verachteten, Verschupften. Es wird ja so sein und so bleiben: Nur wer in irgend einer Form Not durchgemacht hat, ist imstande, sich in des andern bedrückte, benachteiligte Lage zu versetzen und ein Mitgefühl für ihn aufzubringen, das wirklich und echt ist. Peter sah in ihm nicht nur den Schulmeister, er hatte an ihm einen Freund, einen väterlichen, verständnisvollen Freund. Und dieses Gefühl weckte den Widerhall des Zutrauens und der Dankbarkeit in seinem Herzen. Er tat, was er ihm an den Augen abschauen konnte, errang und erzwang sich die nötige Zeit für die Aufgaben, sparte sie sich eher am Schlaf und an den freien Sonntagen ab, als daß er sie vernachlässigt hätte. Und wenn es einmal zur Seltenheit vorkam, daß er den Lehrer nicht befriedigt oder gar betrübt hatte – eine Arbeit war vielleicht etwas schnell und flüchtig abgefaßt worden, oder er hatte sich zu einem dummen Streich verleiten lassen, – bei welchem Buben gesunder Art kommt das nicht vor? – so genügte ein strafender Blick, eine fühlbare Enttäuschung des Lehrers, ihn zu beschämen und zu doppeltem Fleiß anzutreiben.

Immer deutlicher hatte der Lehrer die nicht gewöhnlichen Gaben in dem Jungen wahrgenommen, die rasche Auffassungskraft, das klare selbständige Denken, die oft in den Antworten und Aufsätzen aufblitzenden originellen Einfälle und vor allem die ausgesprochene musikalische Begabung. In seiner Gesamtschule mit den sechzig und mehr Schülern wußte er oft nicht, wo wehren, um alle die neun Klassen richtig zu beschäftigen und zu fördern. Da hatte er bei einem alten, urchigen Kollegen gesehen, mit welchem Vorteil sich Lehrschüler verwenden ließen. Er versuchte es auch und erlebte wahre Wunder. Die großen Mädchen stritten sich um die Ehre, mit den Kleinen schulmeistern zu dürfen, und in wahrem Wetteifer suchte ein jedes sein Bestes zu leisten. Ganz neidisch wurden sie, als auch der Peter eines Tages zu den ABC-Schützen geschickt wurde. «Ja, was will so ein Bub mit den Kleinen anfangen!» murrten sie abschätzig. Doch sie wurden bald eines Bessern belehrt. Der Bub wußte die Kinder so geschickt zu packen, daß sie kein Auge von ihm wandten. Das langweilige Üben im Lesen, im Einmaleins vermochte er so abwechselnd und anregend zu gestalten, daß sie mit Leib und Seele dabei waren, und wenn er ihnen eine Geschichte zu erzählen hatte, kam es vor, daß auch die Größern ihre Köpfe von der Tafel und dem Heft hoben und verstohlen lauschten. Mit einem wahren Jubel wurde jeweilen der Peter von seinen kleinen Schülern begrüßt, was ihm freilich bei den mißgünstigen Mädchen den Übernamen «der Schulmeisterpeekli» eintrug. Mit stiller Freude stellte der Lehrer das ausgesprochene Lehrgeschick des Knaben fest, und ganz leise zuerst, aber immer kräftiger tauchte der Gedanke in ihm auf: Wenn der Peter Lehrer werden könnte! Aber dann schlich sich sogleich die Sorge hinzu: Er ist ja ein armer Bub, hat niemand Eigenes. Wer sollte für die Kosten aufkommen? Und doch, der Gedanke ließ ihn nicht los, drängte sich ihm noch am Abend vor dem Einschlafen mit Macht auf. Und in der Nacht kam er zum Entschluß: Ich will's versuchen. Ja, wenn er selber in der Lage gewesen wäre, ihm für die Ausbildung die nötigen Mittel vorzustrecken! Er hätte es ohne Bedenken auf sich nehmen wollen. Aber er hatte selber seine Seminarkosten zurückzuzahlen, und bei den damaligen sehr bescheidenen Lohnansätzen langte es unmöglich, noch für einen andern zu sorgen. Aber ließe sich nicht vielleicht doch jemand bewegen, hier beizuspringen, ein Mensch, der nicht nur Geld, sondern auch einen Sinn, ein Herz hätte, einem jungen, hoffnungsvollen Menschenkind den Weg zu ebnen zu einem Beruf, für den es alle Eignung besaß? Ein großer Entschluß wurde in ihm reif: Er wollte es versuchen, einen solchen Menschen ausfindig zu machen. Und dann kam es ihm: Wären nicht gerade Peters Pflegeeltern die Nächsten? So wohlhabend wie sie sind, und einen gewissen Stolz auf ihren geschickten Bub ließen sie auch schon merken! Es war eines Versuches wert. Mit dem verständigen Hansueli ließ sich jedenfalls reden.

Auf der Kohlmatt war man nicht wenig erstaunt, als eines Tages der Lehrer zu einem Abendsitz kam. Was hatte der bei ihnen zu tun? Der Besucher fiel nicht gleich mit der Türe ins Haus, begann vom Wetter, vom Stand der Frühjahrsarbeiten, erwies sich dabei recht sachkundig, war ja auch unter Bauersleuten aufgewachsen. Er rühmte, wie schön es hier oben sei, so still, so heimelig, vergaß auch nicht, nach dem Befinden ihres Töchterchens zu fragen, das schon zu Bett gebracht worden war, richtete auch ein paar freundliche Worte an Peter, der am Tisch Äpfel rüsten half. Auch er zog sein Taschenmesser hervor, half mit, wie auch das Trini wehrte, das schicke sich denn doch für einen Lehrer nicht. «O i bi ke Heer, läbe unter euch wie euereine!» sagte er und zeigte, daß er's wohl aufnehmen könne mit den andern in dieser häuslichen Arbeit. In Wirklichkeit war es dem Besucher vor allem darum zu tun, das Geschäft zu beschleunigen und den Peter und das Stüdi überflüssig zu machen in der Gesellschaft. Wie den Peter auch der Gwunder stach, was wohl der Lehrer in der

Kohlmatt zu tun und zu reden hätte, er sagte Gute Nacht und entfernte sich, und auch die Magd verschwand mit einem gwundrigen Blick. Jetzt rückte der Lehrer so sachte heraus, rühmte den Peter, wie er ein Geschickter sei, ja der Beste unter seinen Schülern, wie er Freude an ihm erlebe, war auch diplomatisch genug, den Alten alle Anerkennung zu zollen für die gute Pflege, die sie ihm angedeihen ließen. Und als er auf Trinis Gesicht einen Ausdruck der Befriedigung, ja des Stolzes bemerkte, glaubte er, mit seinem Plan herausrücken zu dürfen. Wie es doch schade wäre, wenn so gute Gaben brach liegen müßten, nicht weitergebildet werden könnten. Er glaube sich nicht zu täuschen, der Peter hätte vollkommen das Zeug zu einem Lehrer. Wenn nur...

Aber er kam nicht weiter. Schon bei seinen letzten Worten hatte sich Trinis ohnehin rötliches Gesicht dunkler zu färben begonnen, zusehends dunkler, bis es akkurat so rot wie der Kamm ihres zornmütigen Güggels aussah. Und jetzt platzte es heraus aus seinem breiten Mund: Wie, was! Einen Schulmeister! Aus unserm Bub! Ihn uns wegnehmen, jetzt, wo man endlich einen kleinen Nutzen von ihm hätte! Der Unverstand! Ob man nicht mehr wisse, ob man's vergessen habe, was für ein elendes Grööggeli der Bub gewesen sei, als er hieher kam. Nein, niemand habe eine Ahnung, was sie an ihn gewendet, um ihn aufzufüttern, ihm seine armseligen Hüdeli zu ersetzen durch währschafte Kleider, weiße flächsige Hemder. Kein Mensch wisse es, nur das Krämereisi könnte etwas davon sagen, wenn es wollte, was für ein Geld es sie gekostet habe all die Zeit, jedes Jahr wenigstens eine neue Bchleidig, am Anfang gleich zwei, eine für den Werktag, eine für den Sonntag, und die

Schuhe erst noch, die Schuhe. Und nichts, rein nichts habe man dafür von ihm gehabt, was hätte auch so ein bringes Bürschli leisten können, nur Haut und Bein und bleich wie ein Leintuch, daß man jeden Augenblick habe fürchten müssen, es breche abeinander. Und jetzt, wo er sich endlich bchymet het, da habe ihn die Schule immer mehr in Beschlag genommen und die unvernünftigen Aufgaben alle Tage, statt daß er so recht hätte werchen lernen können. O man habe es wohl merken können, was dem Bub das Wichtigste sei, immer die Schule, die Schule, der Lehrer, der Lehrer. Und ihr, ihr habe er nichts nachgefragt. Nur Müh und Kosten habe man bisher mit ihm gehabt. Und jetzt, wo man habe hoffen können, die Schulplagerei höre auf und man habe eine kleine Hilfe an ihm, jetzt wolle man den Bub ihnen wegnehmen, zum Schulmeister machen. Der Unverstand, die Undankbarkeit! Ja, ja, es bleibe dabei: Undank ist der Welt Lohn. Aber ihm, dem Lehrer, hätte man doch mehr Verständnis für die Bauern zugetraut. Aber o heie, da hat man sich scheint's wüst trumpiert. Aber es nähme sie doch bim Tüfel wunder, wer mehr zu sagen habe, ob sie, die wie eine Mutter an ihm gehandelt habe, oder ein Schulmeister, der nichts für ihn getan, keinen Rappen für ihn ausgegeben. Solange sie lebe, werde sie davor sein, daß aus dem Bub ein Schulmeisterlein werde, dafür sei sie, das Trini auf der Kohlmatt, jawolle!

Schrecklich hatte sie sich in Eifer und Täubi hineingewerchet. Nicht mit einem Hämmerlein hätte man dazwischen schlagen können. In seiner Verlegenheit tat der Lehrer einen Blick zu Hansueli hin. Auf dessen Gesicht war nun zwar kaum ein Zeichen von Staunen zu lesen; er war ja ziemlich geübt im Anhören von ähnlichen Predigten, wenn er sich auch im stillen gestehen mußte, daß die eben gehörte doch eine Spitzenleistung bedeute. Ein paarmal mußte er sich räuspern, bis er endlich zu Worte kam, um den fragenden Blick des Lehrers zu beantworten. In der jedem Emmentalerbauern angeborenen diplomatischen Klugheit suchte er abzulenken, zu beruhigen: He, die ganze Sach werde doch nicht so pressieren; der Peekli müsse doch noch ein ganzes Jahr in die Schule, bis dahin könne man sich noch besinnen. «Was bsinne!» schrie Trini ihn an, «da gits däich nüt z'bsinne! Was wettischt du o mache, we du dä Bueb nid hättischt, wenn är nid dr ganz Tag um di ume trappeti? Chaischt ja hähl nüt fürnäh ohni daß er dir mueß handlangere. Bim Grase, bim Mischte, bim Fuettere mueß er drby sy, scho bim Mälche hescht ne aglehrt, bim z'Acherfahre mueß er d'Roß füehre, mueß im Herbscht d'Chüe hüete, und wär wett mit dr Bränte i d'Chäserei u wär zum Chrämereisi dir ga Tubak reiche, we's dr Bueb nid tät? U di schöne Schiterbyge um ds Huus, wär het se ufgschichtet, wär het ds Holz gsaget u gspalte? Bischt nadisch gäng der glych Stopfi, jawolle, es wurd di hert acho, we du das wiederum alleini söttischt mache. Nid es Fingersch läng däichscht du!» – Jetzt konnte doch der Lehrer ein Lächeln nicht verbeißen. «Dr Peter ischt schynts doch scho e rächti Hülf!» sagte er. Das wurmte nun doch das Trini, daß es eine Dummheit gesagt, daß es mit diesen Worten wieder zurückgelesen, was es vorher behauptet hatte, daß der Bub bis jetzt noch nichts geleistet habe. Aufs eigene Maul schlagen hätte es sich mögen, und darum zog es die Pfeife ein, und die Fortsetzung war nur noch ein unverständliches Brummen.

Mit seinem eigentlichen Anliegen war der Lehrer gar

nicht zu Worte gekommen. Er war seelenkundig genug, um einzusehen, daß er hier gegen eine Felswand gerannt sei, daß da weder süße noch bittere Worte etwas ausrichten würden. «Janu», sagte er, «i han ech welle Glägeheit gäh zu re guete Tat; viellicht finden i ame-ne-anderen Ort meh Ghör!» Betrübt und kleinlaut sagte er gute Nacht.

«Dä Zwänggring wotts doch no düresetze!» brummte Trini, als die Türe sich hinter dem Besucher geschlossen hatte, «aber wohl, däm will i dr Riegel stecke!»

Mit Peter hatte der Lehrer nicht gesprochen über seine Zukunftspläne, aus zarter Rücksicht nicht; er wollte nicht Hoffnungen in ihm wecken, solange keine Aussicht auf Erfüllung vorhanden war. Aber es war dem Knaben nicht verborgen geblieben, was der Lehrer mit ihm im Sinne hatte. In seinem Gaden, das über der Stube lag, war an jenem Abend manches Wort an sein Ohr gedrungen, das nicht für ihn bestimmt war. Aus Trinis lauter, erregter Rede war ihm kaum ein Wort entgangen. Wohl selten in einer Menschenseele ist auf freudige Überraschung solch tiefe Enttäuschung in so hohem Grade und in so kurzer Zeit gefolgt. Lehrer werden! Was er nie gewagt hätte auch nur zu denken, das sprach sein geliebter Lehrer jetzt deutlich aus. Lehrer werden! Das Schönste, das er sich nur träumen konnte, dazu wollte ihm sein väterlicher Freund den Weg bereiten. Es war für ihn ein Augenblick seliger Freude, bis an den Himmel fühlte er sich erhoben, einen Sprung aus dem Bett hätte er tun mögen! Aber jetzt die schrille Stimme der Meisterin, die ihn aus des Himmels Höhen in die untersten Örter der Erde hinab schleuderte! Alles ist nichts, ein Traum von ein paar Sekunden! Wieviel, wie unendlich viel mußte das junge Herz in der Zeitspanne von wenigen Minuten durchmachen! Die Stubenuhr unter seiner Kammer schlug schnarrend elf, zwölf, eins, zwei, bevor er einschlummern konnte, und dann ging das Auf und Ab im Traume weiter. Er hatte Flügel, konnte fliegen über alle Höhen, wie ein Weih; aber auf einmal erlahmten die Flügel, er sank hinab, fiel hinunter in die tiefe Schlucht hinten im Kohlgraben, wo er sich schon zerschmettert liegen sah... Doch er erwachte im gefährlichsten Augenblick, fand sich im Bett, schlief wieder ein, zu unruhigem fieberhaftem Schlummer, bis ihn das derbe Klopfen an der Stubendiele zum Aufstehen zwang. Müde, wie mit Flegeln gedroschen ging er an sein Tagewerk, machte wankend den Gang in die Käshütte, dann in die Schule, wo er doch nur mit dem Leibe saß, während sein Geist in den dunkelsten Wäldern umherirrte. Der Lehrer fühlte es, ahnte die Ursache, schonte ihn, schaute ihm aber nach der Schule teilnehmend ins Gesicht und stellte die Frage an ihn: «Hescht öppis ghört nächti?» und als er nur ein leises Kopfnicken zur Antwort erhielt und ein unendlich trauriger Blick sein Auge traf, da wußte er, wie tief das junge Herz aufgewühlt war. Besänftigend legte er die warme Hand auf des Knaben Haupt und sprach: «I wills no witer probiere!» Doch Peter schüttelte nur den Kopf, und leise sprach er: «Laht's nume sy, es wird nüt nütze!»

Und er sollte recht behalten. Zwar der Lehrer gab es nicht auf, und wenn ihn selber Zweifel ankommen wollten am Erfolg, so trat das unendlich traurige Knabengesicht ihm vor die Augen, in dem er den tiefsten Wunsch und das tiefste Weh gesehen hatte, und spornte ihn an, das Äußerste zu versuchen. Er nahm das Herz in die Hand, sprach mit einem wohlbekannten, wohlsituierten Gemeindemann, tat ihm dar, daß es sich keineswegs um weggeworfenes Geld handeln würde, sondern um ein Darlehen, das von einem jungen Lehrer mit Zinsen zurückbezahlt würde, wozu der solide Charakter des Knaben doch alle Sicherheit böte. Allein der Mann schüttelte bedenklich den Kopf. Das scheine ihm doch eine riskierte Sache, meinte er; wer ihm garantieren könne, daß der Bub auch wirklich zum Ziele käme, daß er nicht etwa noch krank würde und stürbe. Und überdies sei es heute afen e bösi Sach mit den jungen Leuten; niemand wolle mehr auf dem Lande schaffen, sie scheuen den müden Arm. Er möge nicht dazu helfen, daß wieder einer der Landarbeit entfremdet würde. – Eine als gar wohltätig bekannte reiche Witwe hatte das fromme Bedenken, so ein armes Bürschli werde nur hochmütig, wenn es über seinen Stand hinaus komme, verliere beim Studieren am Ende seinen Glauben, und so würde ihr Geld nichts Gutes schaffen. Der Bub solle nur fein drunten bleiben, das sei viel besser für ihn. Noch da und dort, auch bei der Armenbehörde, suchte der gute Mann etwas auszurichten; aber alle Liebesmühe war vergeblich. O er kannte sie noch zu wenig, die Leute um ihn her, hatte sich noch ein zu ideales Bild von ihnen gemacht. Entmutigt gab er seine Bemühungen auf.

Neben Peter saß in der Schule der Sohn des Präsidenten, nicht übel begabt, aber ziemlich harten Gemütes, stolz und rücksichtslos gegen die Kameraden. Der wollte ins Seminar, und dem Lehrer war die Aufgabe geworden, ihn zum Eintritt vorzubereiten. Im Unterricht bildete er mit Peter zusammen eine Art Eliteklasse, mit etwas gehobenen Pensen; aber Peter war ihm in fast allen Gebieten überlegen, und mit den Kleinen wußte der große Bursche wenig anzufangen, war grob und hart gegen sie. Mit rechtem Weh im Herzen beobachtete der Lehrer die Unterschiede; der weniger Geeignete würde zu seinem Ziele gelangen, dem andern, trefflich Ausgerüsteten, war es verschlossen. Warum? Nur um des Geldes willen, das der eine hatte und der andere nicht. Mit Freuden hätte er Peter an den Privatstunden des Kameraden teilnehmen lassen, ohne auf einen Rappen Vergütung zu rechnen; aber als er's einmal tat, kam sogleich eine räße Reklamation von der Kohlmatt, man habe den Buben zum Werchen und nicht zum Faulenzen.

Tiefer und inniger noch als bisher hatte sich in Peters Herzen die dankbare Zuneigung gestaltet zu dem Manne, der sich für ihn so tapfer eingesetzt, sich solche Mühe um seinetwillen aufgeladen hatte. Aber in dem Maße wie seine Zuneigung zum Lehrer wuchs, nahm die Abneigung gegen seine Pflegemutter zu. Trini trug das Ihrige dazu bei, daß es ihm schwer, allzuschwer gemacht wurde, sie als Mutter zu ehren, ja sie nur wie bisher Müeti zu nennen. Kaum ein anständiges Wort hatte sie ihm seit jenem Abend gegönnt, geschweige ein gutes, freundliches. Hässig und bös war der Ton, sobald er um den Weg war. Kein Wunder, wenn es ihn die größte Überwindung kostete, sie anzureden, etwas zu fragen, ja nur in das feuerzündrote Gesicht zu blicken. Auch für die andern war es nicht ein schönes Leben in diesen Wochen in der Kohlmatt.

Und doch war ein freundliches Sternlein aufgegangen mittlerweile über dem verdüsterten Hause. Kätheli, das Töchterchen, war nun zwei Jahre alt geworden, war also in das liebliche Stadium eingetreten, wo nicht nur die gelenkigen Beine in steter Bewegung sind, sondern auch das Mäulchen sich ohne Unterlaß übt im Zwiegespräch und wo die Gelegenheit dazu fehlt bei einsilbiger Umgebung, auch ebenso im Selbstgespräch. Ein herziges Kind war's mit seinem blonden Lockenköpfchen, feingegliedert, mit bsunderbar freundlichen blauen Augen im hübschen Gesichtchen. So gar nichts hatte es von seiner robusten Mutter. «Es glychet eifach sim Großmüeti, mir Mueter sälig!» sagte Hansueli fast alle Tage. «O ne schöni, liebi Frou isch es gsy, mis Müeti!» Und manchmal wurde sein Auge feucht bei dieser Erinnerung. Aber Trini hörte das nicht gern, ward allemal unwirsch dabei, schnauzte das Kind an: «Ach wärischt du lieber e tolle Bueb!» Es konnte und konnte es nicht verwinden, daß es nicht einen Sohn zur Welt gebracht hatte. Wenn das Kind in seiner erwachenden Wißbegierde eine Frage um die andere stellte: «Was ischt das? Für was brucht me das? Was machscht du ietz?», so bekam es gewöhnlich nur die barsche Antwort: «Gang mer unger de Füeße wägg, du donnstigs Chrott!» Oder: «Häb di doch o-n-emal still, du Plaudertäschli! Chaischt nüt, als eim versuume!» Das Kind fühlte bald heraus, wem es wert war und wem nicht, hielt sich mehr an seinen Vater als an die Mutter. «Drätti, Drätti!» rief es, wenn es ihn vom Acker kommen sah, und lief ihm entgegen von der Mutter weg. Und des Vaters runzliges Gesicht wurde von einem frohen Schein übergossen, sobald er sein Töchterlein sah, und was er sonst kaum beachtete, die schönste Blume, den rotbackigsten Apfel oder auch eine Eichel mit ihrem zierlichen Pfännchen, – immer hatte er etwas in der Tasche für sein Kind. Er nahm es auf den Arm, und es streichelte seine meist ziemlich borstige Wange und das Kinn; er trug es zu den Kühen im Stall und zum Roß, ließ des Kindes Hand über ihr Fell fahren, machte es mit ihren Namen bekannt. Das Glück schaute beiden aus den Augen, wenn sie beisammen waren.

Dieses Glück wurde auch nicht getrübt, als bei wachsender Entwicklung des Kindes der Peter immer mehr sein bevorzugter Kamerad wurde. Hansueli war ein guter Mann und ein lieber Vater, aber es kam ihm nicht eben viel in den Sinn, was eine lebendige und wachsende Kinderseele verlangte. Um so mehr kam dem Peter in den Sinn. Er machte mit dem Kind Verstecklis, Fanglis, ließ es reiten auf dem Bläß, pfiff und sang ihm Liedlein vor, denen es unglaublich schnell den rechten Träf geben konnte. Und wenn er zu einer seltenen guten Stunde die Flöte blies, konnte es, die Ärmchen auf seine Knie gestützt, unermüdlich zusehen und zuhören. Mit geschickter Hand schnitzte er ihm aus weichem Lindenholz Kühe, Schäflein, ein Roß, Schweine, machte ihm, wenn die Weiden saftig waren, eine Pfeife, oder er zeichnete und malte eine schöne Blume, ein lustiges Vögelein. Immer bereit war er, sofern er nur ein freies Momentchen erhaschen konnte, nie verlegen, unerschöpflich in seiner Erfindungskraft. Sogar ein ganz hübscher Bäbikopf entsprang seinen geschickten Händen, dem er mit der Zeit auch Leib und Glieder anfügte und schliesslich mit Stüdis williger Hilfe ein echt bäuerliches Kleidchen verschaffte. Zum unzertrennlichen Begleiter wurde dem sinnigen Kind die solide Puppe, die nach und nach auch ein Bettchen, ein Stühlchen, ein Tischchen erhielt. Peters Erzeugnisse waren ja seine einzigen Spielzeuge; die Mutter hatte weder Zeit, noch Sinn, noch Geld, ihm solche teure, nichtsnutzige Dinge zu beschaffen, wie sie sagte. Kein Wunder, daß der Peter dem geweckten Kind der liebste Kamerad wurde, dem es nachtrippelte, wo es ihn nur erblicken konnte. «Wo ischt Peekli?» war seine häufigste Frage den langen Tag hindurch, zum Ärger der Mutter, die es oft anschnauzte: «Was hescht emel o gäng für nes Wäse mit däm Bueb!» Daß sie im Grunde froh war, wenn das Kind ihr von den Füßen wegkam, ihr nicht jeden Augenblick im Wege war, wollte sie sich nicht eingestehen.

Dem Peter seinerseits war das liebliche Kind ein wirkliches Trösterlein geworden. Die fröhliche Beschäftigung mit ihm, das Sinnen, wie er ihm eine Freude bereiten könne, bedeutete mehr und mehr eine befreiende Ablenkung seiner Seele von dem schmerzlichen Schlag, den sie erlitten hatte. Die Düsterkeit wich zusehends von seinen Augen, von seiner Stirn; er wurde wieder heiterer, munterer, so daß selbst der Lehrer sich darüber wunderte.

So ging der letzte Schulwinter für Peter im Umsehen vorbei, und nach dem Examen, in dem er sich vor allen auszeichnete, war es auch mit dem täglichen Verkehr zwischen Schüler und Lehrer zu Ende. Nur noch dann und wann, so an einem Sonntagnachmittag oder Abend, erzwang sich der Junge ein Besüchlein bei seinem väterlichen Lehrer, der sein teilnehmender Freund blieb. Die Flöte vergaß er nie mitzunehmen. Als des Lehrers Weg einmal an der Kohlmatt vorbeiführte, sah er das kleine Käthéli allein auf der Laube, während die Großen nicht weit vom Hause der Arbeit oblagen. Er trat zu ihm, und ganz im Gegensatz zu andern Kindern auf einsamen Höfen tat das Kleine ganz zutraulich, zeigte ihm die geliebte Puppe, die geschnitzten Kühe, die Schafe. «Wär het dir das gmacht?» fragte er, und als er bei allem die gleiche Antwort erhielt «e dr Peekli!» und weiter fragte: «Dä isch dr dänk nüt lieb, dr Peekli!», da protestierte es heftig: «Wohl, das ischt dr Liebscht!»

Da setzte er mit erneuter Wehmut in der Brust seinen Weg fort, und mancherlei Gedanken kamen ihm im Blick auf die Unvollkommenheit dieses Lebens. Wieviel Keime zu schönen Gaben, die Gott in die und jene Menschenseele gelegt hat, bleiben verborgen, verdeckt, gelangen nicht zur Entfaltung und zur Frucht, die der Seele selbst zur Befriedigung, den Mitmenschen zum Segen und zur Freude gereichen könnte! Unbeachtet verkümmern sie, wie ein Samenkorn, das auf schattigen, steinharten Boden fällt, dem Licht und Wärme fehlen und die nötige Feuchtigkeit. Sollte es ersterben, nutzlos verderben, umsonst und vergebens vom Schöpfer geschaffen und geschenkt worden sein? Nein, das ist nicht möglich; es muß noch einmal eine Auferstehung kommen, in einem andern Boden, einem andern Land, wo kein kalter Fels, keine harten Herzen die Entwicklung hindern, wo weich und feucht der Boden ist, wo linde Lüfte wehen, wo die Sonne ungehindert erstrahlt, wo zum Lobe Gottes herrlich erblüht in alle Ewigkeit, was hier in dieser frostigen, harten Welt unterdrückt war und nur seufzen konnte ... Zwar, alles kann auch hier unten nicht unterdrückt werden; ein Hälmlein, ein Blättchen sprießt da und dort auch aus magerem, schattigem Erdreich hervor, vermag ein Blümlein ans Licht zu bringen, wenn auch nur ein kleines, verborgenes, ein Veilchen unterm Hag. Ich hoffe, ich erwarte es auch bei diesem meinem jungen Freund, wenn's auch eine Weile währen sollte.

Peter war nun Knechtlein auf der Kohlmatt. Knechtlein mit einem geringen Löhnlein, wie es damals bei Bauersleuten nicht anders war. Weder Hansueli noch Trini hätten ihn weggehen lassen, da waren die beiden einmal einig. Und am allerunträstlichsten wäre das kleine Kätheli gewesen, wenn sein lieber großer Kamerad es verlassen hätte. Das Kind war auch das Band, das ihn am stärksten an seine zweite Heimat knüpfte. Es war ja auch zum guten Teil auf ihn angewiesen. Trini, die Treiberin im Hause, hatte weder Zeit noch Geduld, sich mit dem Töchterlein abzugeben. Am ehesten noch nahm sich Stüdi, in seiner Einfalt selber noch ein Kind, seiner an und machte es zu seiner kleinen Helferin, natürlich mehr um der Unterhaltung und Aufheiterung als um der Leistungen willen. Aber wirkliche Nahrung für seinen aufgeschlossenen und hungrigen Geist fand es fast nur bei Peter. Geschwisterlich, wie nur zwischen einem großen Bruder und seinem Schwesterchen, gestaltete sich immer mehr das Verhältnis der beiden zueinander. Unbegrenzt war das Zutrauen des Kindes zu dem Großen, Starken, Geschickten. Und er mißbrauchte das kindliche Vertrauen nicht, lachte es nicht aus, wenn es etwas Unmögliches fragte, gab ihm nicht allerlei an, was zu Enttäuschungen führen mußte, wie sich ältere Geschwister gegenüber den Kleinern manchmal einen boshaften Spaß daraus machen, ohne zu bedenken, welch giftige Saat des Mißtrauens sie dadurch in die kindlich zutrauliche Seele streuen. Ritterlich und sauber benahm er sich gegen das Kind. Ein besonderer Vorfall war geeignet, die beiden noch inniger zu verbinden.

Peter kam eines Abends wie gewohnt von der Käserei heim, die Brente mit der Käsmilch auf dem Rücken, als er, unten auf dem Mätteli angelangt, einen durchdringenden ängstlichen Schrei vom Hause her vernahm. Ein Kindesschrei war es, ein einziger, dann war's wieder still. Ungutes mußte geschehen sein; dort unterm Haus war der Weiher. Aus den Tragbändern schlüpfen, die Brente ablegen, nein, abwerfen, war das Werk eines Augenblicks. Dann hinauf zum Feuerweiher in angstvollem Lauf. Ein loses Zaunscheieli war beiseite geschoben; das kleine tuchene Täschchen, das Kätheli an einem Band immer umgehängt trug, schwamm auf dem schmutzigen Wasser. Da gab's kein Besinnen. Mit dem linken Arm an einem alten Weidenstock sich haltend, beugte er sich weit vor, griff mit der Rechten tief hinab ins schlammige, undurchsichtige Wasser. Und, o Glück, er bekam das Röcklein zu fassen, zog das Kind empor. Schon schien das junge Leben entflohen zu sein; das Bewußtsein war geschwunden, kein Atem war mehr zu spüren. Aber nicht umsonst hatte Peter in der Schule gelernt und geübt, wie in solchen Fällen die erste Hilfe anzuwenden ist. Ohne Säumen legte er das Kind ins Gras mit dem Kopf nach unten, unternahm die künstliche Atmung, ließ nicht nach, und o Freude, in der kleinen Brust begann sich's zu regen, sie hob und senkte sich, der Atem ging aus und ein, bald öffneten sich auch die Augen, schauten ihn wie träumend an.

Trini stand in der Küche, war am Herd beschäftigt, als Peter mit dem triefenden Kind auf den Armen zur Türe hereinkam. «E du min Troscht, was hets gäh?» rief es im ersten Schrecken. «Es läbt», sagte Peter einfach und trug das Mägdlein in die Stube, wo sich bald alle um es mühten und das immer noch halbschlafende Kind mit Fragen, ja auch mit Vorwürfen bestürmten. «Warum, du Babeli, geischt du zum Weier? Was hescht dert welle? Wie zum Gugger bischt du emel o düre Zuun gschloffe?» Als es so weit zu sich gekommen war, daß es antworten konnte, war sein Bericht kurz: «Die schöne gälbe Ankeblueme hani welle näh, bi dri gfalle, ha

Angscht gha, ha gschlafe; aber Peekli het mi usezoge, un i bi wieder erwacht», – und sein Auge suchte den Peter, der hinter den andern stand. Hansueli, der Vater, der still und ergriffen dastand, drückte ihm die Hand, sprechen konnte er nicht; aber die Träne, die ihm über die Backen hinablief, sagte mehr als viele Worte.

Trini mußte wieder in die Küche, mußte für die Schweine rüsten, fragte jetzt nach der Käsmilch, die es dazu verwenden wollte. Gerade trat Peter über die Schwelle mit der Brente, die er erst jetzt geholt hatte; sie war leer, war umgefallen am Wegbörtlein. Da erhob sich ein Gezetter und ein Geschimpf in der Küche. «Donnstigs Bueb, hättischt nid besser chönne luege, wo d'se abgstellt hescht! O di schöni Chäsmilch! Was söll i ietz de Säue gäh? Überhoupt, warum hescht se nit z'erscht heibrunge?» Peter stand starr da, keines Wortes fähig. Stumm und ernst schaute er Trini ins rote Gesicht. Eben war Hansueli eingetreten, hatte Trinis Aufbegehren gerade noch gehört. «Aber Müeti, schäm di!» sagte er traurig, «isch dir d'Chäsmilch würklich lieber als üses Kätheli?» Und das Müeti besann sich, schien sich wirklich zu schämen, und kein Wort kam mehr über seine Lippen.

Sonne und Liebe bringen einen Frühling,
und Gewitterwolken sind auch schon da

Im gewohnten Geleise gingen die Tage, die Wochen, die Monate und Jahre dahin in der Stille des Kohlgrabens. Was wollte, was sollte Peter anderes als da bleiben, wo er war. Seinen Herzenswunsch hatte er endgültig begraben, und hier war er nötig, das sah er wohl ein. Hansueli alterte zusehends, und seine Gesundheit begann sachte zu krächeln, während er selber zum kräftigen jungen Mann herangereift war. Kein robuster Vierschröter wurde er zwar. Er blieb ziemlich schlank und feingliedrig, konnte das körperliche Erbe von seiner Mutter nicht ablegen; aber wenn ihn bei Gelegenheit etwa ein junger Bursche der Nachbarschaft zum friedlichen Schwingkampf aufforderte, geschah es öfter, daß dieser, obschon viel größer und breiter, dem flinken und gewandten Kohlmattpeter unterlag. In der Arbeit ging ihm auch alles rückig von der Hand, im Mähen kam ihm niemand nach, Hansueli begreiflicherweise gar nicht, aber auch keiner von den zeitweilig eingestellten Helfersleuten. So gewann er sich ganz unvermerklich einen stillen Respekt in der Umgebung. «E guete Chnächt hei si i dr Cholmatt», hieß es, «was wette die o afah ohni dä Peekli.» Es fehlte auch nicht an Verlockungen. Wenn er ein ungerades Mal an Hansuelis Statt etwa mit einem Wurf Ferkeln oder mit einem Kälbchen zu Markte fuhr, kam es vor, daß beim z'Nüni im Hirschen ein Bauer sich zu ihm setzte und sachte um die Stauden zu schlagen begann, ob es ihm auch gefalle bei den Alten auf der Kohlmatt, bei dem hässigen Trini, ob es dort nicht gar langweilig sei, ob er nie daran gedacht habe, sich zu verändern. Oh, auf einen Fünfliber mehr käme es ihm nicht an, wenn er einen guten Knecht bekäme. Aber alle Liebesmüh war umsonst. Er sei wohl, wo er jetzt sei, vielleicht könnte er einen Tausch machen, der ihn reuen würde. Nur eines kam den Bauern kurios vor an Peter, und das ist z'schüüche an ihm, sagten sie. Wenn sie ihm ein Glas Wein einschenken wollten oder an einem kalten Tag einen Schnaps, so lehnte er entschieden ab, zog einen heißen Kaffee vor. Da half kein Zureden, und wenn man ihn fragte, wo er diesen unerhörten Brauch herhabe, so bekamen sie nur die Antwort, es tue ihm einfach nicht gut. Man kann nicht sagen, daß ihm diese Grundsatztreue nicht auch unkommod gewesen wäre. So beim Holzfällen im kalten Winter, wenn Hansueli zur Erwärmung ein Gläschen einschenkte. Aber man zwang ihn nicht; Hansueli war verständig genug, seine Festigkeit zu respektieren, Peters Begründung hatte er nicht vergessen. Gern ersetzte man, wo es wegen der Kälte nicht unmöglich war, die geistigen Getränke durch Milch oder Kaffee, und Drätti hielt mit und fuhr wohl dabei.

Ein wenig zum Schulmeistern kam Peter nun auch noch. Kätheli ging zur Schule, brachte die kleinen Aufgaben heim, wußte oft nicht recht, wie diese oder jene Rechnung zu lösen, dieses oder jenes Wort zu schreiben sei. Wer anders konnte ihm da Helfer sein als Peter. So gut verstand er zu erklären, daß die Schülerin oft ausrief: «E ja, grad e so! Ietz weiß is!» Und fest stand es bei ihr: «Dr Peter weiß alls und cha alls! Fascht wie dr Schuelmeischter.» Die Schülerin machte denn auch zusehends gute Fortschritte, zeigte bemerkenswerte Gaben, war voll Lernbegierde. Aber auch Peter profitierte bei seinen abendlichen Nachhilfestunden. Er frischte das früher Gelernte auf, übte den Geist, das Denken, blieb bewahrt vor Stumpfheit und geistiger Verödung.

Dazu trug freilich noch anderes bei. Der Lehrer hatte seinen lieben Schüler nicht aus dem Auge gelassen. An manchem Sonntagnachmittag, auch etwa an einem Winterabend musizierten sie zusammen, lasen zwischenhinein auch aus einem interessanten, geistig anregenden Buch; glückliche Stunden waren es für beide.

Manches Buch durfte der Junge mit heimtragen, nicht das Neueste, Sensationellste gab ihm der Ältere mit; nur Bewährtes, Aufbauendes wählte er. Wenig Zeit stand Peter zur Verfügung zum Lesen; aber indem er die Halbstunden oder Stunden auskaufte, erwarb er sich doch mit der Zeit ein schönes Wissen und ein gutes Urteilsvermögen, einen Sinn, ein Auge für das, was ihn wirklich fördern konnte.

An einem heimeligen Winterabend in der Stube – die Äpfel waren gerüstet, Kätheli hatte die Aufgaben im reinen, Trini lismete an einem Strumpf, Stüdi nifelte sonst irgend etwas, während Hansueli den Anzeiger vor sich hatte und hie und da einen Zug tat aus seiner Pfeife – da kam es dem Peter, wie schön es wäre, wenn die andern auch etwas hätten von seiner Lektüre. Er hatte gerade Jeremias Gotthelfs Annebäbi Jowäger angefangen. Der Gotthelf war ihm schon vom Lehrer lieb gemacht worden, und jetzt zog er seine Erzählungen allem andern vor. Und er wagte es und probierte, las zuerst einen spassigen Satz laut und wieder einen. Nicht ohne Trinis Einspruch ging's freilich. Was das für eine neue Mode sei, das wäre ja akkurat wie in der Schule, und man habe genug und mehr als genug von der Schule. Aber die andern, besonders Kätheli und Hansueli, protestierten, das sei doch kurzweilig, er solle nur weiterfahren. So tat er's, und als das Müeti merkte, daß da Leute von seinem Fleisch und Blut, echte und rechte Bauersleute, redeten und handelten, begann es selbst seine Ohren zu spitzen. Zwar seinen Senf mußte es auch dazugeben; es konnte sich nicht enthalten, Bemerkungen dazwischen zu werfen, nicht zu Peters Ärger, sondern zu seinem stillen Vergnügen, bezeugten sie doch Aufmerksamkeit und Teilnahme. «Er ischt e Stürmi», entfuhr es Trini, «warum brediget er ietz scho wieder; es wird däich e Pfahrer sy!» und: «Er übertribts, en Übertribihung ischt er, e große! Soo isch es de nadisch bi üs nid!» oder: «Das hätt er ietz dm Annebäbi o nid grad bruchen uszbringe, me mueß d'Lüt o nid so bodelos usfötzle!» oder gar: «Mi nimmts nume wunger, wo dä das alles här het. Dä ischt druf usgange, de Lüte d'Würm us dr Nase z'zieh. Wohl, mier sött eine däwäg cho; däm tät i usezündte us dr Chuchi mit eme brönnige Schyt, u wes dr Pfahrer wär!» Aber immerhin, es hörte zu; es nahm ihns doch wunder, wie es schließlich herauskam und ob die zwei einander bekamen. So ließ es sich an, daß Peter fortfahren konnte mit seinen Vorlesungen manchen Abend, ja es lächerte ihn im stillen, als er bemerkte, daß das Weibervolk noch nie so früh fertig war in der Küche wie in den letzten Tagen. Es waren vergnügliche, vielleicht sogar nützliche Abende. War ihm da nicht etwas wie eine Erzieheraufgabe geworden?

Daß der Kohlmattpeekli meisterhaft die Flöte spielte, war nicht unbekannt geblieben. Als einmal an einem Tanzsonntag im Leuen ein wichtiges Mitglied der Musik, der Klarinettist, erkrankt war, drängte man ihn, einzuspringen. Nicht gern ging er; der freie, stille Nachmittag und Abend reute ihn. Bisher war er, der Stille, Eingezogene, dem lauten Tanzvergnügen ferngeblieben, und wenn ihn zufällig gerade der Weg am Wirtshaus vorbeiführte, hatte ihn die Musik und das Getrampel nicht eben angezogen. Aber er ging, durfte nicht anders, als den jungen Leuten einen Gefallen tun, und dazu stach ihn doch auch heimlich der Gwunder, wie es dabei zu- und herging. Nach kurzer Übung am Vorabend mit den Musikkollegen hatte er die Kehrlein und Sätzlein der ziemlich einförmigen Tanzweisen halb im

Griff, und am Sonntag war alles wohlzufrieden mit dem neugewonnenen Musikanten. Mancher Bursche brachte ihm sein Glas, mit der schmunzelnden Anerkennung: «Heschs brav gmacht, Peekli!» – war aber auch nicht wenig verwundert, wenn dieser abwehrte und zu seinem Süßmost griff. Doch der laute, mehr und mehr übermütige Rummel und vor allem die Musik, die seinem an feinere Töne gewöhnten Ohr nicht eben zusagte, ließen kein behagliches Gefühl in ihm aufkommen; er fühlte sich einsam unter den Fröhlichen, Ausgelassenen, spürte eine merkwürdige Leere in seiner Brust. Er war nur froh, daß der Klarinettist, den das Lob, das sein Stellvertreter geerntet hatte, stach, und der schon einen gefährlichen Nebenbuhler in ihm witterte, bei den folgenden Anlässen wieder auf den Beinen war und ihn überflüssig machte. Er blieb der zurückgezogene Peter, ließ sich auch nicht ein, als die jungen Burschen ihn einluden zu ihren nächtlichen Runden, mußte sich freilich gefallen lassen, daß sie ihn als einen Sonderling, einen Einspänner und Kuriosen betrachteten und betitelten, machte sich aber nicht viel draus, quittierte mit einem träfen, witzigen Wort.

Auf der Kohlmatt war er nun ganz daheim. Warum sollte er nicht? Hansueli war für ihn wie ein Vater oder mit der Zeit eher wie ein älterer Freund; bei Stüdi, das auch alterte, hatte er von jeher Steine im Brett, und Trini war bei all seinem rauhen Wesen und lauten Schelten, an das sich männiglich schon gewöhnt hatte, doch auch wieder verständig genug, um ihn wegen seiner Arbeitskraft zu ästimieren. Und dann, ja dann war ja noch das Kätheli da. Das war inzwischen aus der Schule und vom Herrn gekommen *, war zu einer stattlichen Toch-

* konfirmiert oder admittiert

ter herangereift. Nicht so robust wie die Mutter und nicht so groß wie sie, doch so, daß es dem Vater geradewegs in die Augen schauen konnte. Dessen Statur und Art hatte es überhaupt an sich, nur daß es seiner Jugend entsprechend um ein paar Grade gelenkiger und gleitiger war und ebenfalls um ein paar Grade heiterer, lustiger. Wie oft, wenn er wohlgefällig seiner Tochter nachschaute, wenn sie so leichten Schrittes zum Brunnen ging, brümmelte er vor sich hin: «Grad wie mis Müeti sälig, ja exakt wie mis Müeti, ilängerschimeh!» Eine Frau, vor allem eine Engländerin, würde nun das Kätheli beschreiben von der Scheitel bis zur Fußsohle, von den Wimpern bis zum Kinn und von der Nasenspitze bis zum Nacken, – ich will's nicht tun; nur das sei gesagt: Anmutig war es, etwas Freundliches, Herzliches, manchmal auch Neckisches, Schalkhaftes sprach aus seinen Augen; gern mußte jedermann es haben, wer es nur ansah.

Über das Meitschi hatte sich Peter erst recht nicht zu beklagen. Die Zuneigung, die es ihm schon als kleines Kind entgegengebracht, war keineswegs erkaltet, war im Gegenteil immer wärmer und tiefer geworden. Begreiflich, sie waren so vielfach aufeinander angewiesen, waren die einzigen jungen Leute neben den Alten, mußten bei manchem Werk einander in die Hände arbeiten, hatten bei der Abgeschlossenheit ihres Heims sonst nicht viel Umgang mit den Leuten. Und jenes Erlebnis am Weiher hatte sich tiefer in Käthelis Seele eingegraben als man ahnte; der kurze Moment des Schreckens, er hatte lange, ja unauslöschliche Nachwirkungen in den Tiefen seiner Seele hinterlassen. Noch jetzt im Traume kam es vor, daß es den verzweiflungsvollen Augenblick durchmachte, sich vergebens an die Bettdecke klammerte wie an einen Strohhalm, zu ertrinken meinte und dann im Moment des Erwachens den rettenden Arm verspürte. Stüdi hatte es ihm ja genugsam eingeprägt: «We dr Peekli nid wär gsy, so wärisch du ertrouche, gstorbe u lägisch töif im Chilchegrebli. Vergiß 's nie, dr Peekli ischt di Läbesretter.» Wenn es auch dieses Wort damals noch nicht völlig verstand, ja es kaum recht aussprechen konnte, später wurde ihm dessen ganze Bedeutung bewußt. O es lebte ja so gerne, und dies Leben, dies süße Leben, es verdankte es dem Peter, und immer von neuem erwärmte sich das Gefühl dankbarer, herzlicher Zuneigung gegen ihn. Aber auch ohne das, was hatte es alles seinem großen Kameraden zu verdanken! Soviel Kinderfreude, soviel Spiel und Spaß, dann in der Schulzeit soviel Hilfe, Belehrung. Und seither auch, wieviel tat er ihm zu Gefallen, nahm ihm die schwerste Arbeit ab, verschönte ihm die Feierstunden. Nicht daß es sich das so eins ums andere überlegt hätte; aber alles hatte doch seinen Niederschlag gefunden in der Tiefe seiner Seele, ein Gefühl der Dankbarkeit, der Zuneigung und der Liebe. Wer hätte sagen wollen, wo der Marchstein war zwischen kindlicher Anhänglichkeit und jungfräulicher Liebe? Keinen Marchstein gab's, unversehens und unbewußt ging mit der ganzen jungfräulichen Entwicklung das eine in das andere über, bis die Liebe ganz und gar das Feld beherrschte, das Herz erfüllte, eine Liebe, die nicht der Erinnerung und der Verstandesgründe bedurfte, um sich warm zu erhalten, die einzig und allein auf die Person, auf den Mann seines Herzens gerichtet war. Sie brauchte sich nicht in unbestimmter Sehnsucht zu verzehren, die Liebe, sie hatte ihren Gegenstand, suchte keinen andern als den, der ihr innerlich und äußerlich so nahe war. Tag für Tag konnte sie sich von neuem an ihm erwärmen, konnte aus seiner Gegenwart Nahrung empfangen. Und sie erstarkte, trieb immer tiefer ihre Wurzeln, trieb Blätter, Stengel und Blüten.

Wer die bisherige Entwicklung verfolgt hat, wird kaum noch fragen, ob Kathelis Liebe auch Widerhall gefunden habe bei Peter. Schon das Kind war seine kleine Sonne in dem oft so düstern Graben, in dem gewitterreichen Hause, war seine Unterhaltung und sein Trost, wenn das Gefühl der Einsamkeit über ihn kommen wollte, war auch seine Ablenkung und sein Heilmittel gewesen, als ihm die tiefe Wunde der enttäuschten Hoffnung auf einen schönen Lebensberuf geschlagen worden war. Und als die Knospe zur lieblichen Blume sich entfaltete, die sich ihm sichtbar zuneigte, wie hätte sich Auge und Herz da blind und kühl verschließen können! Um vierzehn Jahre älter und verständiger, nahm er zwar die Sache ruhiger, tat nie narrochtig, wenn das Meitschi in Augenblicken glücklichen Übermutes mit ihm tändeln und händeln wollte, verstand und besaß wohl auch unschuldigen Spaß, blieb aber im ganzen gesetzt und männlich. Und das war's, was dem oft mutwilligen Wesen des Mädchens gesunde Schranken setzte, ja seiner Liebe eine stille Achtung beimischte; es, die Tochter des Hauses, schaute nicht auf ihn, den Knecht, herunter, sah an ihn hinauf, sah in ihm überhaupt von Jugend auf nie den Knecht, sondern den Freund, ob auch das Müeti ihn immer noch in unverbesserlichem Standesstolz den Bub nannte. Daß das Kätheli schon weiter dachte, sich etwa am Abend vor dem Einschlafen schon ein Bild von der Zukunft ausmalte, sich als glückliche Hausfrau sah neben ihm, dem geliebten Mann, das ahnte er freilich nicht, war zu wenig kundig in den Tiefen der weiblichen Seele, gab sich auch lange Zeit kaum Rechenschaft darüber, was aus dem lieblichen und beglückenden Verhältnis werden sollte, sonnte sich einfach an den warmen Strahlen.

Freilich ein Wunder wär's, wenn die Sonne immer freundlich geschienen hätte, wenn nicht Wolken, ja schwarze Gewitterwolken sie verdeckt hätten. Daß die beiden Jungen es gut miteinander konnten, das hatte den Alten unmöglich verborgen bleiben können. Schon als Kätheli noch in Kinderschuhen steckte, hatte die Mutter es oft unwirsch angefahren: «Was hescht emel o gäng mit däm Bueb? Hundertmal des Tages ghört me di rüefe: Peekli, Peekli! Tätischt du lieber meh dim Müeti rüefe! Grad dr Nahre hescht gfrässe an ihm. I wott das eifach nid ha, hescht ghört!» Ja es hatte es gehört, es war laut genug gesagt worden, aber wenig fruchtete es. Der Ätti seinerseits, er hatte nur Freude an dem zutraulichen Verhältnis der beiden, fühlte sich selber wieder jung dabei, wenn Trinis Keifen ihn alt und müde gemacht hatte. Aber wenn das Müeti sich gesagt hatte, mit dem Alter werde dem Meitli wohl der Verstand kommen und es werde merken, wer es sei und wer der Bueb sei, so sah es sich getäuscht. Wohl benahm sich Peter klüglich, erwiderte bei Tische nicht den vielsagenden, verstohlenen Blick, der ihm zustrahlte, nahm es scheinbar seelenruhig hin, wenn befohlen wurde: «Käthi und dr Bueb chönne ga Härdöpfel jäte!» verstaute seine Freude im Innern. Weniger vermochte Kätheli sich zu verstellen. «Chönnt mer nid Peekli cho hälfe?» meinte es etwa, wenn eine schwerere Arbeit um den Weg war, das Stecken der Bohnenstangen etwa oder das Kabishobeln im Herbst. «Nüt isch's!» kam es dann fast allemal hässig aus Trinis Mund, «dr Bueb het angersch z'tüe, ds Stüdi cha dr hälfe oder, wenns emel mit ds Tüfels Gwalt es Mannevolch sy mueß, Drätti.»

Aber mit Hansueli war es nicht mehr wie früher. Zusehends nahm er ab, ward immer müder, vermochte nicht mehr viel auszurichten, war froh, daß junge, starke Arme da waren und angriffen. Wie auch Trini jammerte und klönte: «Es ischt o gar nüt meh mit dr. Was hescht emel o gäng z'chläiche u z'byschte? La gseh, du muescht di zäme näh und o no chli zur Sach luege, me cha gwüß die Junge nid allei la mache!» – es half ihm nicht auf, machte ihn nicht jünger. Das Herz wollte nicht mehr. Er trappete nur noch ein wenig ums Haus herum, und gegen den Frühling zu ging auch das nicht mehr. Er litt an Beängstigungen, mußte sich im Lehnstuhl stille halten. Der Doktor kam, konstatierte Wassersucht, vermochte wohl ein wenig zu erleichtern, aber nicht zu heilen. Er war ein geduldiger Kranker, der Hansueli, still, ohne Klage lag oder saß er da, las so oft er's vermochte in der Bibel, aus den Psalmen oder aus dem Neuen Testament, oder ließ sich vorlesen, am liebsten von Peter, weil er so schön langsam und gsatzlich las. Nicht genug konnte er hören. Zur Pflege aber hatte er am liebsten Kätheli um sich, dessen Hand so viel linder und dessen Stimme so viel herzlicher war als Trinis. Und eines Abends im Mai tat das müde Herz den letzten Schlag. Peter wußte, daß er in ihm einen Vater verlor; war er es doch, der ihm die Kohlmatt zur zweiten Heimat gemacht hatte. Und in Käthelis Herzen, das sich mit dem gemütreichen Vater immer viel inniger verbunden gefühlt hatte als mit der Mutter, blieb ein tiefer Schmerz zurück.

Auch Trini war eine Zeitlang stiller als sonst, aber dann, im Bewußtsein der ganzen Verantwortung für den

Betrieb, schien es seine Energie zu verdoppeln, und leid war es ihm nur, daß sein schon ziemlich schwerfällig gewordener Körper dem starken Willen nicht mehr durchwegs Folge zu leisten vermochte. Um so mehr trieb es die Jungen an, nahm die Zügel ganz in seine Hand, traf alle Anordnungen zu den Arbeiten, manchmal auch so, daß Peter, der das ganze Heimwesen und den Betrieb in Feld und Stall nachgerade am besten kannte, Einwendungen erheben mußte. Aber Trini hörte selten auf seinen verständigen Rat, gab immer zu merken, daß es die Meisterin sei und er nur der Knecht, ja immer mehr artete sein Wille zum eigentlichen Starrsinn aus, unter dem alle im Hause mehr oder weniger zu leiden hatten. Kein schlichtender, beruhigender Hansueli war mehr da; der gute, freundliche Hausgeist fehlte. Wohl fühlte sich Peter innerlich verpflichtet, ihn so gut als möglich zu ersetzen, aber was vermochte er auszurichten gegen die Fluh, die ihm entgegenstand!

Um so enger schlossen sich die Jungen aneinander, die so gut miteinander harmonierten. Es war nicht zu umgehen, daß sie manche Arbeit miteinander oder doch nebeneinander zu verrichten hatten, und das waren ihre schönsten Stunden. Wenn sie einander halfen beim Grasen am Morgen, oder miteinander Erdäpfel jäteten oder gruben, wer hinderte sie da an ihrem gegenseitigen Austausch von Gedanken und Gefühlen? Wohl war Stüdi, das alte, auch etwa zugegen; aber das war nicht zu scheuen, hatte es doch eine geheime Freude an dem guten Einvernehmen der beiden, die nur zunahm, je deutlicher es Trinis Ärger über dies Verhältnis merken mußte. O es spann auch seine Gedanken und Pläne für die Zukunft. Ja bei den Jungen, wenn die einst zusammenkämen, das Heft in die Hand bekämen, bei denen möchte es sein und bleiben, das wäre ein schöneres Dabeisein als bei der Alten! Und wenn es und Kätheli allein waren, etwa so in der Küche, wer hätte ihnen davor sein können, daß sie von dem redeten, was ihnen und besonders dem Meitschi zuinnerst und doch zuvorderst lag! Ja das alte Stüdi wurde geradezu die Vertraute des jungen Käthelis, und dieses wußte, daß es sich vor ihm nicht zu verstecken brauchte, daß es zu ihm hielt durch dick und dünn. So war es eigentlich eine im Innern getrennte Haushaltung, drei gegen eine, aber im Äußern behielt die eine die Oberhand. Ob sie nicht auch auf die innersten Angelegenheiten ihre Oberhoheit ausdehnen wird?

Es kommt eine Brechete und ein Bruch

Der Flachs, damals noch der Stolz der Bauernfrau, war schön gewachsen, und eine Brechete wurde angestellt. So eine Brechete ist eine Art Truppenzusammenzug für die Frauen, Töchter und Jungfrauen. Einige Nachbarn haben meist eine gemeinsame Brechhütte, um die sich das Weibervolk sammelt wie um ein Lagerfeuer. Nicht zu nahe bei einem Haus steht die Hütte, wegen der Feuersgefahr, eher etwa in einem Schachen oder sonst in der Nähe eines Wässerleins. Peter war schon am Vortag der Befehl geworden, die Brechhütte instand zu setzen, die Feuergrube zu reinigen, die Wände und den Holzrost, der aus einigen Latten besteht, zurechtzumachen, auch das Holz zu rüsten und auf den Platz zu schaffen. Auch beim Herzubringen des Flachses, der in schönen Bündeln ob der Laube zum Trocknen aufgehängt war, mußte er behilflich sein. Und nun kamen sie her, die Frauen und Töchter, jede mit ihrer Breche auf der Achsel, oft ein jahrhundertaltes Erbstück, und selbstverständlich auch das Mundstück ließen sie nicht zu Hause, ein noch viel älteres Erbstück. Das Feuer in der Grube prasselte schon, die Flachsstengel wurden auf dem Holzrost ausgebreitet, damit der um die zarten Fasern gelagerte Holzbast von der aufsteigenden Hitze geröstet und spröde gemacht werde und unter den Schlägen der Breche leicht abfalle.

Gar nicht so leicht war es, Feuerwart zu sein. Da galt's, das Feuer immer schön gleichmäßig zu unterhalten, dabei aber wohl darauf zu achten, daß es nicht zu hohe Flammen schlug, da sonst der schöne Flachs anbrannte und Schaden litt. Beide Augen mußte Peter offen halten, um die anspruchsvollen Frauen zu befriedigen und doch dabei Schaden zu verhüten. Dennoch konnte er's nicht vermeiden, daß auch in seinem Innern ein Feuerlein flackerte; denn ganz in der Nähe handhabte Kätheli mit munterer Kraft seine Breche. Wurde nicht immer wieder auch diese Flamme genährt, und mußte er nicht peinlich darauf achten, daß die Lohe nicht zu hoch auffuhr, den zarten Flachs, ja am Ende die ganze Hütte in Brand setzte! Wie zwischen zwei Feuern kam er sich vor. Aber kaum war er sinnend einen Augenblick dagestanden, als plötzlich ein lautes Geschrei aus den Reihen der Brecherinnen ihn aus seinem Träumen aufschreckte; die hochauflodernde Flamme war schon in die Flachsstengel gefahren. «Lösche, lösche!» schallte es von allen Seiten. Dem Unglück war bald gewehrt, der Schaden war gering. Aber das Wörtchen löschen! hallte ihm in den Ohren nach. Mußte er wirklich auch das innere Feuer dämpfen oder gar löschen? Aber dann empfing er einen schelmischen Blick aus lieben Augen und den Zuruf: «Hesch troumet, Peter, vo wäm?» und im Nu war sein Feuerlein wieder angeblasen, und ein Lüftlein wehte es dem flachshaarigen Mädchen entgegen. «Ja, ja, i gloube gäng, dert bi dene zweie brönnts o!» rief eine in der Nähe schaffende Bäuerin, und die beiden wurden inne, daß sie jetzt nicht auf dem Acker und nicht allein waren. Schon lange waren die Augen der Jungen wie der Alten auf das Paar gerichtet, denn seit einiger Zeit war bereits gemunkelt worden, daß die zwei überaus wohl miteinander auskämen. Und jetzt war der Ton und das Thema angegeben. Von hüben und drüben flogen Neckereien, wobei nicht immer derbe Anzüglichkeiten vermieden wurden wie etwa: «Ja, die hei's schön, die chönne nach binanger sy bi Tag und bi Nacht!» Eine Junge hatte es gesagt, die auch schon manchmal ein Auge auf den netten, stillen Kohlmattpeekli geworfen hatte. «Ja, ja, stilli Wasser si töif!» meinte eine andere, Ältere, Weise. Und so ging es weiter; rätsch, rätsch machten die Brechen, die alten Erbstücke, und rätsch, rätsch gingen um die Wette mit ihnen die alten und jungen Mundstücke. Es war schon gut, daß Peter und Kätheli nur das Wenigste verstanden bei dem lauten Geklapper der Flachsbrechen, sonst wären sie oft rot geworden bis über die Ohren und hätten sich so erst recht verraten.·

Aber mit einemmal war es stiller geworden, das heißt, einseitig still, nur die Brecherinnen schwiegen, während die Brechen um so emsiger klapperten. Trini war unversehens aufgetaucht aus dem Gebüsch hervor, den mächtigen Korb mit dem Zvieri am Arm. Nicht gerade sehr liebenswürdig schaute es drein, röter als gewöhnlich war sein Gesicht. Hatte es gelauscht hinter den Weiden? Waren Worte an sein Ohr gedrungen, die nicht für ihns bestimmt waren? Es schoß wenigstens seinen beiden jungen Hausgenossen Blitze zu, die nicht von Zärtlichkeit zeugten, und ungewohnt schweigsam wurde der Imbiß eingenommen.

Es gab späten Feierabend am selben Tag; denn bis der saubere Flachs nach Hause gebracht und schön aufgebeigt war im Schopf, dem Hächler zu Händen, der schon bestellt war, und die Weiber, die mit Herzen, Mund und Händen geschafft hatten, gespiesen waren, gab es viel zu tun. Müde, wie wenn es selber in der Breche gelegen wäre, begab sich Kätheli zur Ruhe, ohne darauf zu achten, daß in der Stube das Klappern sich noch unermüdlich fortsetzte. Es geschah zwar nur halblaut und nur mit dem Mundwerk, das von einer Base meisterlich gehandhabt wurde. Aber als Käthli schon einzudoseln begann, öffnete sich die Stüblitüre, und breit, mit in die Hüfte gestützten Armen, stellte sich das Müeti vor das Bett und begann ohne Einleitung eine Predigt, die es wieder hell wach werden ließ. Was sie doch heute an ihm, dem Käthi, für einen Verdruß gehabt, begann sie, was sie alles habe hören müssen. In aller Leute Maul sei es schon gekommen. Daß es so ein Narr sei, hätte sie nie und nimmer geglaubt. – «He was in aller Wält ischt de Schröcklichs passiert?» wagte die Tochter einzuwerfen. «Ietz tue no so, wie we d'es uschuldigs Ching wärischt, du Tschudi; prätsche möcht i di grad! Wirscht wohl wüsse, was du mit dm Bueb, dm Peek hescht. Ietz gäh sie di scho mit ihm zäme. Und dr Bueb ischt o nid gschyder, da Löhl! Wohl däm will i de dr Marsch mache, gäb was derfür!» Jetzt mußte sich das Meitschi wehren. «Müeti», rief es dazwischen, «dr Peekli ischt ke Bueb meh, er ischt e Ma!» – «E Ma, e Ma!» schrie die Mutter und lachte laut auf. «Wär ischt e Ma? Wär nid e Buur ischt un es Heimet het, es uszahlts, un ufs mindischte sächs Chüeh im Stall und o no öppis uf der Kasse, dä ischt ke Ma, dä ischt höchstes es Mandli.» – «Henu», erwiderte Kätheli mutig, «zu däm allem chönnt ig ihm ja verhälfe!» Jetzt geriet die Alte außer sich. «So, so wit däichscht du, du Dräckmeitli! I bi däich o no da, u d'Sach ghört einschtwile no mier. Und i bi Meischter im Huus und säge, wär da söll daheime sy und wär nid. Aber, aber» – und leiser sprach sie das aus und voll Spannung, «es wird doch öppe nid scho Mueß i dr Suppe sy?» Da fuhr auch das Kätheli auf. «Was meinscht, Müeti? Für so schlächt haltischt du mi! U dr Peekli, so ne schüüche Burscht, wo nume no nie gwagt hätt, mer vors Pfäischter z'cho!» – «Henu», sagte die Mutter sichtlich beruhigt, «de isch es no alli Zit. Wartet numme, i will ech dr Riegel stoße, daß er's het. U dem Peek wil i o klarsch Wasser yschäiche!» Mit entschlossenen Schritten, daß der Boden unter ihrem Fuße krachte, verließ sie das Stübli, die Tochter einem tiefen Weh überlassend.

Tag für Tag erwartete Peter das Gewitter, das sich über seinem Haupt entladen sollte; aber es kam nicht. Wohl war der Himmel mit dunklen Wolken verhangen, und aus zwei grauen Augen wetterleuchtete es beständig; aber daran hatte er sich gewöhnt. Ob das Trini seine Munition gänzlich verschossen hatte, oder ob es fürchtete, bei allzuscharfem Geschütz könnte am Ende der Bub fortlaufen, jetzt, wo so viel Arbeit um den Weg war, oder ob es überhaupt eine Gelegenheit abwarten wollte, das läßt sich jetzt nicht mehr feststellen. So nach und nach ging alles wieder seinen gewohnten Gang unter gewohnter Begleitmusik; nur daß die Jungen eine verstärkte Aufsicht zu fühlen glaubten. Doch fanden sie trotzdem Gelegenheit zu manchem vertraulichen Wort; denn erfinderisch macht die Liebe. In dem unverwüstlichen Optimismus, den sie eingibt, suchte Kätheli sich selbst und Peter zu beruhigen: das Müeti sei aufgereiset worden, habe in der Täubi geredet, es werde nicht so heiß gegessen wie gekocht. Noch mehr als bisher bemühten sie sich, ihr Innerstes nicht nach außen zu kehren, wenigstens vor Müetis Augen nicht, und keinen Stein in das scheinbar beruhigte Wasser zu werfen. Daß Trinis Gedanken Tag und Nacht beschäftigt waren, seinen längst gehegten Lieblingsplan so kräftig wie möglich zu fördern, ahnten sie lange Zeit nicht.

Da war ja der Chrigel vom Kalbergrat, Trinis entfernter Vetter, der schon lange ein Auge auf das schöne Meitschi und die noch schönere Kohlmatt geworfen hatte. Schon zweimal hatte Peter, als er spät abends in seinem Gaden noch eine Zeitlang las, ein verdächtiges Klopfen am Stüblifenster gehört. Der Gwunder und noch etwas anderes in seinem Innern stach ihn, daß er geräuschlos das Fenster öffnete und lauschte. «Käthli, tue mer uf! – Käthli, Käthli!» vernahm er deutlich, und mit bewundernswerter Geduld wiederholte sich das Klopfen und die Flüsterstimme. Aber nichts regte sich, und schließlich ergriff der nächtliche Besucher den Rückzug. Das gleiche wiederholte sich in Abständen noch ein- oder zweimal. Beim drittenmal öffnete sich zu Peters nicht geringem Kummer das Fensterschieberlein, und Käthelis Stimme ward hörbar. Wie atmete er auf, als er die geflüsterten, aber entschiedenen Worte vernahm: «Dadrus wird nüt, Chrigeli, mach dir nume ke Müei meh!» Und zu schlug der Schieber. Am Morgen beim Grasen konnte sich Peter nicht enthalten, Käthli zu necken: «Hescht Bsuech gha die letschti Nacht, gäll?» «Bsuech, ja, we du däm so wotsch säge, we eine bis ufs Läubli chunnt und witer nid! Aber du, du bruuchscht d'Nacht schynts o nid zum Schlafe!» Da hatte er's. Aber eine tiefe Freude über Käthelis Standhaftigkeit konnten seine Augen nicht verbergen. Es hielt ihm Treue.

Der Chrigel freilich wußte, daß er, wenn auch kein offenes Fenster, doch eine offene Türe und offene Ohren fand. Als eines Tages alle außer Trini in den Kartoffeln waren, kam er so im Vorbeigehen, wie er sagte, zur Türe herein, klagte, wie er abgeblitzt sei, äußerte die Vermutung, das donnstigs Meitli habe gewiß einen andern im Gring. Er habe schon einen Ton gehört, der Peek sei da im Grünen. Doch Trini redete ihm das aus, das sei alles nur eine Kinderei, das Meitli sei eben noch fast ein Kind, er solle nur Geduld haben, sie wolle die Sache schon ins Gleis bringen. Trotz diesem tröstlichen Zuspruch nahm sich der Chrigel vor, ein wachsames Auge auf den Nebenbuhler zu haben.

Eines Tages, es war im April, machte der Lehrer dem Peter Bescheid, er möchte doch in kurzem zu ihm kommen, er habe ihm etwas mitzuteilen. Peter säumte nicht; noch am gleichen Abend machte er sich auf den Weg zum Schulhaus. Und was gab's denn Wichtiges? Nichts Geringeres als das: Der Lehrer war von seinem Götti, einem großen Bauern im Unterland, angefragt worden, ob er ihm nicht einen tüchtigen Meisterknecht wüßte. Schöner Lohn, doppelt soviel als Peter jetzt hatte, war verheißen. «Da han i sofort a di müeße dänke», schloß der Lehrer. Das kam Peter zu unerwartet, als daß er dem Freund hätte danken können. Statt eines freudigen Aufleuchtens, wie dieser erwartet hatte, mußte er ein

Erbleichen, ja eine Bestürzung im Gesicht seines Gastes wahrnehmen. Langes Schweigen folgte, bis der Lehrer endlich fragte: «Ja, meinscht nid, daß das öppis wär für di? Es wär doch a der Zit, di e chli z'verbessere.» – «Ja, das wär scho schön», kam es endlich gedehnt und zögernd aus Peters Mund. «Aber äbe, es ischt da es Hääggli. Ja, es ischt da öppis...» Sollte er's sagen, durfte er sein innerstes Geheimnis offenbaren? Ja, wenn irgend einer Menschenseele, dann verdiente es dieser sein bester Freund, daß er ihn ins Vertrauen zog. Langsam zwar und stotternd kam es heraus, daß ein zartes Band ihn an die Kohlmatt binde, daß er hoffen dürfe, hier zgrechtem daheim zu werden. Er wartete nun seinerseits auf einen freudigen Widerhall bei seinem Freund, auf herzliche Mitfreude und Glückwunsch. Aber statt dessen war's, wie wenn ein Schatten über dessen Gesicht zöge. Wohl erschien ein Lächeln in seinen Zügen, aber nur kurz und nur schwach, wie wenn für einen Moment ein Sonnenblick die Wolken durchbricht, und eher wie ein besorgtes, mitleidiges Lächeln wollte es ihm vorkommen, das im Nu einer ruhigen, sachlichen, ja ernsten Miene wich. Sollte denn dieser Mann, der sich seiner immer so herzlich angenommen, ihn in so mancher trüben Stimmung so warm getröstet hatte, sollte der am Ende gar nicht fähig sein zu ebenso warmer Mitfreude? Sollte in ihm, dem bisher Unverheirateten, sogar etwas wie Neid und Mißgunst aufsteigen? Ja – schrecklicher Gedanke! – sollte er am Ende selber ein Auge auf seine ehemalige Schülerin geworfen haben? Nein, unmöglich, er schämte sich des bloßen Anfluges solcher Gedanken; es mußte etwas anderes dahinter sein. Fragend blickte er seinem schweigenden Freund ins Gesicht. Dieser räusperte sich, schickte sich an zu reden; aber man sah, welche Mühe es ihn kostete, das zu sagen, was er sagen mußte. «Ja, mi Liebe», kam es endlich heraus, «dr Luft het mers scho zuetreit, daß du und ds Kätheli 's guet mitenander chönne. Aber daß eues Verhältnis so wit grate sig, han i nid gwüßt. Gloub mers, niemer würd si meh freue als ig, we dir zäme chämet. Aber –» und hier kostete es ihn neue Überwindung weiterzufahren – «aber hescht o scho mit Trini, dem Müeti, grächnet? Lueg, i kenne die Frou, und du hättischt o Ursach se z'kenne. Sie het gueti Site; aber sie het es Härz wie ne Stei und e Wille wie ne Flueh. Wird sie das einischt zuegäh? Wenn i rächt ghört ha, so geit das Grücht um, daß sie ganz anderi Plän mit ihrer Tochter het. Uf jede Fall wirscht du e schwäre Kampf ha.» – Das ernste Wort sagte Peter nichts Neues. Und doch traf es ihn wie ein Schlag vor den Kopf, nein, wie ein Stich ins Herz. Mit gesenktem Haupt saß er eine Weile da. Dann erhob er sich und sagte: «I danke dir. I weiß, du meinsch es guet mit mer. Du möchtischt mer e herte Kampf erspare. Aber eine, wo no viel schwärer ischt, channscht d'mer nid erspare. I will mi bsinne. Weischt, d'Liebi, sie ischt starch!»

Die Last, die Peter auf dem Herzen heimzu trug, war schwerer als jede andere, die er je mit der Brente oder mit dem Räf auf dem Rücken getragen hatte. Wie zusammengeschnürt war seine Brust, daß er zu ersticken glaubte. Vermochte er den Kopf noch oben zu behalten? Wirr ging's zu in seinem Innern. Soll ich, soll ich nicht? Kopf und Herz, sie kämpften einen verzweifelten Kampf. Sein Verstand sagte: Folge dem Rat deines Freundes, flieh! In diesem Graben bleibt dir doch jede Aussicht vermauert! Aber sogleich klammerte sich an diese verständige Überlegung ein unendlich wehes Gefühl: Und das Kätheli, dein Kätheli! Konnte, durfte er dessen Lebensschifflein mit einem Fußtritt aufs stürmische Meer hinausstoßen, sich selber rettend auf eine Felsplatte? Und doch, ich weiß, ich kämpfe gegen diese Fluh! Er hatte eben die Brücke betreten, der gegenüber sich eine Nagelfluh erhob.

Kaum hatte sein Fuß die letzten Bretter berührt, als er Schritte vernahm auf der andern Seite. Leichte, eilige Schritte waren es. Es mußte eine Frau sein oder eine Tochter, die sich gern einem Begleiter anschloß auf dem Weg durch den dunklen, unheimlichen Graben. Er hemmte seinen Gang, und bald stand neben ihm – Kätheli, sein Kätheli. «E bischt du's, wo chunnscht du här?» fragten beide überrascht und erfreut zugleich. Kätheli hatte Verrichtungen gehabt beim Krämereisi, hatte lange warten müssen im Laden und sich verspätet. «Aber du, Peter, wo bischt de du gsy?» Ein schwerer Atemzug war die nächste Antwort. «E min Troscht, was isch's, was hets ggäh?» rief Kätheli und schmiegte sich fest an seinen Arm. «La mi, la mi und red nid so lut!» sagte Peter und machte einen schwachen Versuch, sich von der nahen und, ach, so warmen Berührung zu lösen; doch vergeblich, nur enger, kräftiger drängte es sich an ihn. «Es het öppis ggäh, säg mers!» flüsterte das Mädchen. Peter schwieg; o er hatte gehofft, allein mit sich selber zu sein auf dem langen, dunklen Heimweg, mit sich ins reine zu kommen, und schon hatte sich das Züngleinder Waage auf Seite des guten Freundesrates zu neigen begonnen. Und jetzt kam das Kätheli. War das nicht Vorsehung, Bewahrung vor einem lätzen Weg? Wie warm durchrieselte ihn dessen spürbare Nähe! Er drückte seinen Arm, seine Hand. Und dann öffnete sich auch sein Mund. Wie konnte er seinem liebsten Menschen verschweigen, was ihn umtrieb! Nur wie gepreßt kam es aus ihm heraus, wo er gewesen, daß ihm der Lehrer eine Stelle angeboten. Ein Zittern ging durch Kätheli's Körper, er spürte es wohl. «Peter, Peter, mi Liebe, du wirscht doch nid...», schrie es aus seinem Munde, nein, aus seinem Herzen heraus. Und als es nicht sogleich Antwort erhielt, fuhr es fort, und heiße Angst sprach aus seiner Stimme: «Gäll, du hescht doch nid zuegseit, nei, das channscht du nid, du channscht mi nid verlah!» – «I ha nid zuegseit», erwiderte Peter, «aber...» «Aber o nid ab?» fragte Kätheli. «O wie channscht du di nume no bsinne? Bin i dir nid meh als die beschti Stell?» – «Kätheli, wenn du wüßtisch, wie's mir ischt, was i für ne Chummer ha!» Und sachte und zart suchte er seiner Lieben zu offenbaren, wie ihn der Lehrer auf Müetis Härtigkeit aufmerksam gemacht, wie er ihm jede Hoffnung als aussichtslos hingestellt habe. – «I hätt nid gloubt, daß er so ne Wüeschte wär», erwiderte das Mädchen, «hane o rächt gärn gha. Das ischt ietz grad no nötig gsy, das wüsse mier dänk scho, und besser als är, wie ds Müeti eis isch. Aber am Änd mueß es doch nahgäh; o gäll, mier wei zäme ha, choschtis was es well. Es wird doch nid dörfe mis Glück zerstöre! O i darf, i will nid dra däiche, wie's mir wär uf der Chohlmatt, we du nid meh da wärischt, verlore wäri, ertrinke müeßti. Du bischt ja mi Retter, mi einzige!» Und nicht mehr enthalten konnte es sich; es tat, was noch nie vorgekommen war, es hing sich an ihn, mitten auf dem Wege, wie eines, das wirklich am Ertrinken ist. Er spürte seinen weichen Arm um seinen Nacken, spürte es heiß herabrollen aus den lieben Augen auf seine eigenen Wangen, spürte die warmen Lippen an Wange und Mund. Von Holz hätte er sein müssen, ja vom härtesten

Hartholz, wenn es nicht auch heiß aus seinem Herzen heraufgestiegen wäre in seinen Hals, in seine Augen. Und wahrlich, von Holz war er nicht. «Kätheli, mis Liebe», flüsterte er, «wie chönnti anders, i wages, i blybe; meinscht, i chönt o sy ohni di!»

Lange noch standen sie da auf dem Wege, dicht aneinander gelehnt, als sie plötzlich ein leises Rascheln im Wäldchen nebenan zu vernehmen glaubten. Sie erschraken, fuhren auseinander, beruhigten sich aber bald wieder. Es war ja wohl nur ein Eichhörnchen, das einen Tannzapfen herabgeworfen hatte, oder ein Igel, der durchs Laub raschelte. Still, nicht ohne Bangen und doch mit Seligkeit im Herzen wanderten sie Hand in Hand heimzu.

Es war viel Arbeit um den Weg. Während am folgenden Tag die beiden Jungen und Stüdi am Kartoffelsetzen waren, machte sich Trini im Garten zu schaffen. Beim kurzen Verschnaufen und Aufschauen sagte Kätheli plötzlich zu Peter: «Lueg, wär steit dert am Gartehag bim Müeti! Ischt das nid der Chrigel?» Peter bestätigte, daß es recht gesehen habe. Unwillkürlich, wie im Zwang, wurden ihre Blicke auf jenen Fleck gebannt, wo sichtbar Wichtiges verhandelt wurde. Immer noch stand der Chrigel dort, und immer näher war Trinis Gesicht dem seinen gekommen. Eifrig wurde geredet, mächtig gestikuliert. Trini schlug die Hände zusammen, ballte sie dann zu Fäusten, schien außer sich vor Aufregung. Wer da jetzt lauschen könnte! Es war unmöglich, die Sicht war allzuoffen. Aber plötzlich kam's dem Kätheli: Wenn der uns gestern belauscht hätte! «Bsinnscht di, Peter, das Raschle nächti im Wäldli?» Erschreckt schauten sie einander an; das Herz schnürte sich beiden zusammen. «Jetz chunnt dr Blitz!» sagte Peter.

Schwül war's beim Mittagessen, kaum ein Wort wurde geredet. «Ufen Abe machts es Wätter zwäg», flüsterte Kätheli dem Peter zu, als er durch die Küche ging. «Gfährlich um die Jahreszit», erwiderte er. Beim Nachtessen war die Luft noch dicker; den Jungen schien jeder Bissen im Halse stecken zu bleiben. Nach dem Essen geschah etwas, was noch nie vorgekommen war. Trini rief den Peter in die hintere Stube. Und jetzt brach's los über sein Haupt. So, so weit sei es gekommen, schrie sie mit vor Zorn halberstickter Stimme. Das Meitschi, ihr Meitschi, habe er schlau umgarnt, an sich gefesselt und so weit gebracht, dass es sich ihm versprochen habe. So habe er ihr gelohnt für alles, was sie von Jugend auf an ihm, dem Bueb, getan; das Köstlichste was sie habe, die Tochter, habe er ihr gestohlen, wie ein Schelm, ein Räuber. Nie hätte sie solches von ihm gedacht. Aber eben, zu aufrichtig, zu gutmütig sei sie gewesen. O sie hätte doch bedenken sollen, dass einem solchen Düüßeler, Schleicher und Heuchler nicht zu trauen sei.

In diesem Augenblick stürzte Kätheli zur Tür herein. «Müeti, o was seischt, was seischt! O bis nid ungrächt, i bi d'schuld, i bin ihm aghanget, är ischt mer eifach lieb!» Aber schon hatte die Alte die dicke Hand erhoben zum furchtbaren Schlag. Im rechten Augenblick konnte Peter dazwischenfahren, den Streich aufhalten; aber immer noch schwer genug fiel er auf Käthelis Wange. «Müeti, Müeti!» schrie es aus ihm heraus, indem es in die Ruhbettecke sank, «bischt du würklich mis Müeti?» – «Schwig, du Trüecht!» schrie die Alte, indem sie aufs neue auf ihr Kind losfahren wollte, aber plötzlich von Peters starken Händen ihren Arm umklammert fühlte. «Rüehr mi nid a, du Schelm, du Uflaht du!» schrie sie, indem sie sich loswand. «Wärischt nüt z'guet, mi z'ermorde.» Und jetzt ging ihr Ton ins Jammerhafte über. «Ja, mis Ching hescht mer abgstohle, dass es mi nid emal meh als Mueter aluegt! Mi, wo-n-ig's doch so guet mit ihm meine, wo-n-ihm zumene Ma möcht verhälfe, wo de würklich e Ma wär u nid nume so ne Bueb, e Bättler, e Nütnutz. Und das ischt dr Dank, du Meitli, du Dräckmeitli!» Und in einen Weinkrampf verfallend, sank sie auf einen Stuhl.

Als sie ein wenig zu sich gekommen schien, stellte sich Peter dicht vor sie hin und sagte mit fester Stimme: «Trini» – sie zuckte auf, als er sie zum erstenmal nicht mit Müeti anredete – aber er fuhr fort: «Trini, Gott und Drätti, wenn er no da wär, chönnt es bezüge, daß i nie vergässe ha, was du a mier ta hescht. Und i ha mi bemüeiht, dr Dank mit dr Tat z'bewyse. I gloube, i heig i all dene Jahre alls rychlich vergulte mit flyßiger Arbeit. I darf mit guetem Gwüsse säge: I ha zur Sach gluegt, wie wes mini wär! U was ds Kätheli ageit, – i ha's nid mit Absicht ygnoh; was chan i drfür, daß äs mi lieb het und ig ihns o!» Ruhig und bestimmt hatte er gesprochen, zum Verwundern ruhig. Aber gerade dieser Ton reizte Trini zu einem neuen Ausbruch. «Lieb, lieb», rief es spöttisch, «was ischt das, lieb? Verstang mueß me ha, u däiche, wie wit das füehrt. Glych und glych ghört zäme u nid e Buretächter und e Bättelbueb.» – «Müeti, i lah ne nid!» rief jetzt unter Schluchzen die Tochter dazwischen, «du machscht mi unglücklech, i stirbe, wenn d's verwehrst. O Müeti, häb Erbarme!»

«Ja, i will Erbarme ha mit dr, du Tropf, i will dr hälfe, los z'cho vo däm Bueb. Es git e Spruch, dä heißt: Aus den Augen, aus dem Sinn!» Und mit fürchterlicher Stimme wandte sie sich an Peter: «Peek, no hüt verlahscht du mis Hus! Mach daß de furtchunnscht, i wott di nid meh gseh!» – «Müeti, Müeti!» schrie Kätheli in seiner Verzweiflung. Wie versteinert stand Peter einen Augenblick da. Dann sprach er, und unheimlich entschlossen und hohl wie aus der Unterwelt klang seine Stimme: «Guet, i will dr nid meh im Wäg sy!» – Dann wandte er sich zur Tür, noch einen letzten, unaussprechlich leidvollen Blick dem Meitschi zuwerfend.

In dieser Stunde war in Käthelis Herzen etwas gebrochen. Es wußte, es hatte keine Mutter mehr. Und jetzt verlor es auch seinen liebsten Menschen. Kein Auge tat es zu die lange Nacht. Da – es mochte kurz nach Mitternacht sein – vernahm es Schritte auf dem Weg. Das Schlimmste ahnend, stand es auf, machte Licht, warf in Eile ein Kleid über sich, wollte hinaus. Aber o Schreck, die Stüblitür war von außen verriegelt. Es öffnete das Läufterlein am Fenster, das einzige, was man öffnen konnte, schaute hinaus in den schwachen Mondschein. Dort unten schwankte auf dem Rücken eines Mannes ein Räf mit einem Tröglein beladen. «Peter, Peter!» rief es. Aber seine halberstickte Stimme hatte keinen Klang. Der Mann wandte sich nicht um, die Schritte verhallten. Im Wäldchen verschwand das Räf und sein Träger.

Peter wird Wedelemacher und hackt hartes Holz

Weit unten an der Emme Strand, dicht am breiten Weidenschachen stand das Schachenhäuschen. Dort wohnte seit einigen Jahren Peters Schwester Elisabeth. Nach dem Tode der Mutter war sie von ihrer Gotte aufgenommen und gut gehalten worden. Da sie von jung auf ein pringes Persönchen war, hatte die wohlhabende Frau den bescheidenen Lehrlohn an sie gewendet und sie zu einer Nähterin in die Lehre gegeben. Fleißig und geschickt in ihrem Beruf und die nicht geringen Ansprüche der Bauernfrauen und -töchter aufs beste befriedigend, brachte sie sich bei undenklich bescheidenem Löhnchen, aber ebenso bescheidenen Ansprüchen bei Kaffee und Erdäpfeln, Brot und etwas Anken schlecht und recht durch. Das Näijerebethli, wie sie allgemein hieß, saß eben in seiner Stube am Tisch bei Schere, Nadel und Ellstecken gebückt über eine flotte Kittelbrust, die bis am Samstag, dem Vortag eines Tanzsonntags, unbedingt fertig gestellt werden mußte. Kaum nahm es sich Zeit, den gebückten Rücken, auf dem sich schon ein Högerlein gebildet hatte, ab und zu für einen Moment zu strecken und durch die kleinen Fensterscheiben einen Blick ins Grüne zu tun. Als es doch einmal geschah, wurden seine Augen längere Zeit gefesselt als es gewollt hatte. Auf dem Weg, der von der Bahnstation dem Schachen zuführte, kam ein Mann daher, der, soviel seine etwas kurzsichtigen Augen zu erkennen vermochten, eine schwere Last zu tragen schien. Zu seiner Verwunderung bog er vom Sträßchen ab und schlug just den Fußweg ein zu seinem Häuschen. Jetzt vermochte es zu erkennen, daß er ein Räf trug und auf dem Räf eine ziemlich ansehnliche Truhe. Ein Räf, dieses merkwürdige Traggestell, weiter oben in den Bergen ein alltägliches Möbel, war hier unten im breiten, nur von niedrigen Hügeln umsäumten Tal schon eine seltene Sehenswürdigkeit. Der Mann mußte von weither kommen; aber was hatte der bei ihm zu suchen? Ein Hausierer war es nicht, der hätte nur ein Huttlein auf dem

Rücken. Und doch, er näherte sich, und jetzt erkannte es auch sein Gesicht. «Herrjemers, dr Peter!» entrann es seinem Munde. Die Kittelbrust flog auf den Tisch, und das Bethli flog zur Tür. Ja, es war sein Bruder. Aber wie sah er aus! Bleich, verschmeiet, müde in allen Zügen. «Min Troscht, was hets gäh?» war nach kurzem Händedruck seine Frage. Aber statt einer Antwort fragte der Bruder seinerseits, ob er sein Trögli ein wenig bei ihr einstellen könne. «Aber Peter, sälbstverständlich, wie channscht du nume no frage. Gschwind stells ab, afe da ufem Bänkli. U de chumm ine. Hescht gwüß no nüt z'Morge gha, i gseh dr's a!» So saß er bald am Tisch, wo schnell ein Plätzchen frei gemacht worden war für Kaffee, Brot und Käs. Er mochte zuerst nicht recht; aber als der heiße Kaffee seine Lebensgeister ein wenig geweckt hatte, griff er doch zu. Und das Bethli freute sich, als es sah, wie es ihm, der wohl an Besseres gewöhnt war, mundete, störte ihn nicht mit hundert Fragen, bezähmte seinen Gwunder, überließ es ihm, zu reden oder zu schweigen, wie es ihm beliebte. O solche einfachen Leutlein sind oft zartfühlender als manche halb- oder dreiviertelgebildeten Stadtleute. Dann bekam es ungefragt seinen Bericht zu hören, kurz und bündig war er; aber tief empfand das schwesterliche Herz den Schmerz, der aus den abgerissenen, knappen Worten sprach. Peter war ihr ein lieber Bruder, hatte er doch, als es ihm wohlerging und er im Klee war, seine Schwester nicht vergessen, ihr oft geschrieben, sie auch alljährlich zwei- oder dreimal besucht, hatte dabei auch seine stille Hoffnung nicht verschwiegen. «'s ischt schwär», sagte sie jetzt, «aber wär weiß, ob nid am Änd doch no alles guet usechunnt.» Ein schwermütiges Kopfschütteln war die Antwort.

Peter konnte hier bleiben. Bethli hatte zwei Stüblein, in jedem ein Bett; denn zu Zeiten wohnte eine Lehrtochter bei ihm. Und nun saß er da in der Ruhbettecke, den Kopf in die Hände gestützt, wortlos sinnend, brütend. Nach dem Abendessen legte die Schwester wie alle Tage ein großes Buch auf den Tisch. Heute schob sie die Bibel dem Bruder zu: «Ietz chunnts a di, z'läse, bis so guet!» Doch er wies es zurück. «I cha nid!» murmelte er. So las sie und sprach ihr Abendgebet. Am folgenden Tag mußte Bethli auf die Stör, war überhaupt oft tagelang fort in den Bauernhäusern. So blieb er allein, konnte ungestört seinen Gedanken nachhängen; schwer und dumpf waren sie, kreisten immer um denselben Punkt, kamen nicht los davon. Auch die Abendandacht, die nie versäumt wurde, hob ihn nicht aus seinem Grübeln hinaus; kaum hörte er die Bibelworte, weit weg, im Kohlgraben war er. Manchen Tag ging es so. Kaum daß er sich Zeit nahm, sich ein Mittagessen zu kochen. Zuwider war ihm, dem in dieser Kunst gänzlich Ungewohnten, Ungeübten, das Kochen, zuwider das Essen. Mehr als einmal kam es vor, daß ihm die Milch in der Pfanne überlief, wenn er sinnend vor dem Herde stand. Und weit in die Nacht hinein und bis an den Morgen spann sich in seinem Kopf das Trumm ohne Ende fort.

Eines Tages kam es ihm doch, daß er sich der Schwester nützlich machen sollte. Vor dem Hause lagen Spälten, die auf Zerkleinerung warteten. So griff er an, hantierte mit Säge und Beil, erstellte schöne Scheiterbeigen, die bis an die Fenster reichten. Aber auch diese Arbeit war allzu gewohnt, als daß sie sein Sinnen und Spinnen abgelenkt, unterbrochen hätte. Ein unförmiger, astiger, garstiger Klotz kam an die Reihe. Für den nahm Peter extra die schwere Axt, hieb mit unerchannter Kraft auf ihn ein, nochmals und nochmals, ohne daß er auseinander wollte; den Scheidweggen mußte er anwenden, und dem hieb er auf den Kopf mit Ingrimm, ja mit Wut. Nicht dem Holz galt die Wut, ein unschuldig verzworgget Holz war es; jemand anderem galt sein Zorn, sein Ingrimm, jemandem, der nicht weniger verzworgget war, aber ob er auch ebensowenig dafür konnte? Mit einem halb unterdrückten Fluch warf er die unförmigen Scheiter zum Haufen. Aber wenn er am Beigen war und stattlich und gerade die Beige wuchs, dann trat ein liebes Menschenkind ihm vor die Seele, das auch vor seinen Augen aufgewachsen war, fast so schnell wie die Holzbeige und ebenso grad und ebenso schön. Was tut es jetzt, wo ist es jetzt? Das Herz wollte es ihm zerreißen.

In einer wachen Nachtstunde kam ihm sein Freund, der Lehrer, in den Sinn. Ach, er hatte leider recht gehabt mit seinen Bedenken. Hätte er seinem Rat doch folgen sollen? Aber dann das wunderbare Zusammentreffen im dunklen Graben, dem bei allem Bangen unendlich glücklichen Augenblick mit seinem Käsheli! Nein, er hatte nicht anders gekonnt. Aber jetzt? Jetzt war es nicht mehr sein Käsheli, eine unheimliche, dämonische Macht hatte es ihm ein für allemal geraubt. Nun war er hier, fiel der guten Schwester zur Last. Sollte er nicht jetzt doch noch nach der angebotenen Stelle fragen? Schon am andern Morgen machte er sich auf den Weg; jener Bauer wohnte nur wenige Stunden von hier. Zu spät, die Stelle war besetzt. Alles, alles war wider ihn, und eine neue Welle von Unmut kam über sein Herz.

Dennoch, so wie bisher konnte es nicht länger gehen.

Im Schachenhüsli bei seiner Schwester war er bald fertig mit dem Holzen, und andere Arbeit hatte sie nicht für ihn. Da trat eines Tages, als er gerade an den letzten Spälten war, ein benachbarter Bauer zu ihm, wohlbekannt als einer der untersetztesten im Dorf, knüpfte ein Gespräch an, redete vom Holz, das jetzt gut im Preise stehe, rühmte Peters schöne Scheiterbeigen, meinte, das sei auch nicht das erstemal, daß er Holz spalte, das sei dem Bethli zu gönnen, daß es einen so guten Helfer gefunden habe. Peter war einsilbig gegen ihn wie gegen jedermann in der letzten Zeit, erwiderte nur, das sei ja eine kleine Sache hier und bald zu Ende. Ja, ob er denn nichts vorhabe für die nächste Zeit, fragte der Bauer. Und als Peter verneinte, fuhr er gleich fort, er habe einen ziemlich großen Holzschlag gemacht in seinem Wald, die Tannen und Trämel seien schon im Winter abgeführt worden, die Säger und Holzhändler hätten sich gegenseitig fast die Füße abgetrappt, so eifrig seien sie drauf gewesen. Aber nun liegen droben noch ganze Haufen Äste und Abholz, was zu Wedele verarbeitet werden sollte, aber niemand habe Zeit zu dieser Arbeit, ob das vielleicht etwas für ihn wäre. Peters düsteres, schon recht versauertes Gesicht begann sich aufzuhellen. Das Wedelemachen war ihm immer eine der liebsten Arbeiten gewesen; ein Schaffen so für sich allein und erst noch im stillen Wald, wo man seinen Gedanken ungestört nachhängen konnte, das sagte ihm zu. Der Mann lud ihn ein, die Sache an Ort und Stelle zu besehen; sie bestiegen zusammen den bewaldeten Höhenzug. Alles war, wie der Mann es beschrieben, Haufen von bravem Abholz lagen da und dort; Peter schätzte es mit sachkundigem Blick und berechnete, daß da Arbeit für den ganzen Sommer und bis in den

Herbst hinein bereitliege. Der Bauer war kein Knauser, bot ihm die Arbeit an im Verding, per Stück so und soviel. Es schien Peter annehmbar, und er schlug ein.

So aufgeheitert hatte Bethli am Abend seinen Bruder noch nie gesehen in den Wochen seit er hier war; recht redig war er geworden. Was es doch ausmacht für das Gemüt eines arbeitsfähigen Menschen, wenn er eine Aufgabe, einen Weg vor sich sieht, wenn ihm etwas anvertraut wird! Und wenn's so weit war, daß einer sich unnütz und in die Ecke gestellt vorkam, ja so weit, daß er am Leben verzweifelte, – die Arbeit, eine Aufgabe, und wäre es vor den Augen der Menschen die geringste, nur das Wedelemachen, eine solche Aufgabe klepft die Lebensgeister auf, flößt neuen Mut ein, daß er sich sagt: Bist doch nicht umsonst auf der Welt! Ja, grad vergnügt schien Peter zu sein, auf dessen Gesicht sich schon Furchen zu bilden begonnen hatten.

Diesmal war es die Freude am Planieren, wie und wo er die Sache angreifen wolle, was ihn lange nicht schlafen ließ. Schon früh am andern Morgen machte er sich an die Vorbereitungen, kaufte sich im Eisenladen im Dorf einen handlichen Gertel, ein Handbeil, eine Kette, Draht und eine Drahtzange. Dann machte er sich im Schöpflein daran, einen fermen Wedelebock zu erstellen; der alte, den ihm der Bauer angeboten, schien ihm zu wackelig, zu charakterlos. Und dann kam der Tag, wo er sein Räf, das nun lange genug geruht hatte, von der Bühne herabholte, mit seinem Werkzeug belud und hinaufstieg in das Waldrevier. Fast zu einem Jauchzer hätte er's gebracht, als er seine Last auf einem kleinen Bödeli, das er schon bei seinem ersten Besuch ins Auge gefaßt hatte, ablegte, und doch brachte er ihn nicht heraus; die Erinnerung an den schönen heimischen Wald wachte auf, verhielt ihm die Kehle. Doch jetzt war nicht Zeit zum Träumen, jetzt galt's anzugreifen, Chrisäste herbeizuschleppen, einen bequemen Hackklotz zurechtzuzimmern; geraume Zeit nahm das in Anspruch. Als er dann zwischen aufgestellten Steinplatten ein Feuerlein angemacht, den mitgebrachten Imbiß im Pfännlein aufgewärmt hatte und ihn nun auf seinem Klotz sitzend verspeiste, und eine Amsel flötete von einer Tanne herab, und irgendwo aus der Nähe rief der Kuckuck, und die Buchfinken wagten sich herzu, um nachzusehen, ob vielleicht ein paar Brösmelein für sie abfielen, – da ward's ihm gemütlich, fast nur zu heimelig. Entrinnen mußte er den Gedanken, den Erinnerungen und Gefühlen, entfliehen in die Arbeit hinein. Die großen Tannenäste mußten geputzt, vom kleinen Reisig befreit werden, dann zerhackt in schön gleichlange Stücke und eins ums andere hineingelegt zwischen die vier Hörner im Wedelebock, bis das Häuflein ein ebenrechtes Maß zu einer währschaften Wedele erreicht hatte. Dann die Kette herum, mit dem Hebel fest zusammengezogen, und nun mit Draht gebunden. So, da war das erste Stück. Wie viele Hunderte werden noch folgen! Er war darauf erpicht, flotte, reelle Wedele zu liefern, nicht solche Ware, wie er sie in Bethlis Schöpflein angetroffen, außen herum ein paar ansehnliche Knebel und innen nichts als dünnes Reisig. Auseinanderhalten wollte er die Sachen; so hatte es der Bauer auch befohlen. Zwei Sorten gab es, solide Astwedelen aus lauter dicken Knebeln bis innen aus und daneben billigere Reisigbündel, aus dünnen Ästlein und Zweiglein. Jede Holzwedele mußte bis zuinnerst das sein, was sie auch außen vorstellte, und fest gebunden mußte sie sein. So wollte er's haben; nur wenn es so war, fühlte er sich befriedigt. Aber unwillkürlich kam es ihm: Und du? Bist du wirklich auch aus solidem Holz bis innen aus, bist du auch fest gebunden? Flattert es nicht immer wieder auseinander in dir? Ist nicht dein Inneres ein Kampfplatz zweier Welten, zweier Mächte?

Der Bauer kam eines Tages in den Wald, wollte nachsehen, wie der Wedelemacher seine Sache mache und ob er bald ein Fuder bereit habe. Befriedigt sah er die große Beige, fand die Wedele erstklassig und tadellos, sagte schmunzelnd: «Die wärden abgah wie früschi Weggli!»

So hätte denn Peter allen Grund gehabt, mit sich und mit der Welt zufrieden zu sein, und das wäre er wohl auch, wenn er ein gewöhnlicher, alltäglicher Wedelemacher gewesen wäre. Aber das war er eben nicht, war kein Gewöhnlicher, war ein Besonderer, hatte die fatale Gewohnheit, immer etwas zu denken, und was er alles schon durchgemacht hatte, das gab ihm Anlaß und Stoff genug dazu. Und seine Arbeit war derart, daß sie wohl beständig Auge und Hand, nicht aber seine Gedanken in Anspruch nahm. Wohl war er etwas aus der Übung gekommen; aber nach kurzer Zeit hatte er das Geschäft wieder ganz im Griff; es nahm seinen Kopf und was darin ist nicht stark in Beschlag. Von seinem Waldbödeli, vom Wedelebock, vom Gertel und von den Chrisästen flogen seine Gedankenvögel dahin über Hügel und Täler, hinein in den Kohlgraben, ohne daß er's wollte, gezogen von einer heimlichen, aber unwiderstehlich starken Kraft, wie ein Magnet. Zu tief, allzu tief hatte sich das Erlebnis in seine Seele eingraviert, um so tiefer, als es so plötzlich über ihn gekommen war. Zwangsweise kam es über ihn, nicht loskommen konnte er von dem letzten, so entsetzlichen Bild: Die beiden

Frauen, die junge und die alte, die eine wie ein Engel, die andere wie der pure Böse. Und das Böse, der Böse, siegte, verteufelte das Leben des liebsten Menschenkindes und sein eigenes Leben. Und keine hohe Macht griff ein, hielt den Bösen im Zaum. Gibt es einen Gott? Wenn es einen gäbe, wie könnte er's zulassen, daß das Böse in der Welt obenauf kommt, den Sieg davonträgt? Wie könnte er die bösesten Menschen schalten und walten lassen nach ihrem argen Herzen, ihrem bösen Willen? Und wenn es einen Gott gibt, der alles lenkt, hatte er ihn nicht geradezu genarrt, grausam genarrt, daß am selben Abend das Käthelisich einfinden mußte auf dem Weg, seine Hoffnung aufs höchste zu spannen, damit der Fall in die Tiefe um so tiefer, um so schmerzlicher würde! Spielt der große Gott mit uns kleinen Menschen wie die Katze mit der Maus, grausam, mit Freude am Quälen? Dann ist er kein Gott. Nein, es ist kein Gott!

Unglücklicherweise, ja man ist versucht zu sagen, boshafterweise, fiel in diese Stimmung, diesen Zustand ein äußerer Anlaß, der auch die vernarbte Wunde aus seinem frühern traurigen Erlebnis wieder zum Aufbrechen brachte. Bethli, die Schwester, die in so vielen Häusern herumkam, erzählte eines Abends von einem Lehrer nicht weit von hier, wie der ein Ämtlijäger sei; wo es einen Posten gebe, der etwas eintrage, flugs sei er zur Stelle, sei Gemeindeschreiber, sei Zivilstandsbeamter, sei Sektionschef, auch dazu noch Agent einer Lebensversicherungsgesellschaft und wer weiß, was noch alles. Die Schule halte er nur so recht und schlecht, weil er eben müsse, sei darin weiter nichts als ein Regent, nehme sich keine Mühe, den Kindern etwas zu erklären, könne es auch nicht, strafe wie ein Profos, kein Kind gehe gern zur Schule, den Armen besonders sei sie ein Schrecken, weil er auf ihnen hocke, sie an allem Ungeraden schuld sein lasse. So erzählte das Bethli und geriet fast ins Weinen über die geplagten Kinder, die einen solchen Lehrer erdulden müssen. «Wie heißt er?» fragte Peter ziemlich teilnahmslos. Aber wie aus dem Schlafe fuhr er auf, als die Schwester den Namen nannte. Das war ja sein ehemaliger Schulkamerad! «So ischt er also gäng no dr Glych», sprach er, «so ischt er scho gsy, wo-n-er näbe mer uf der Schuelbank ghokket ischt. Aber äbe, si Vatter het Gäld gha un i bi ne arme Verdingbueb gsy!» Die Schwester erschrak ob dem bittern Ton in seinen Worten, suchte zu beruhigen, meinte: «Ischs nid gäng no besser, en arme aber gschickte Wedelemacher z'sy, als e settige ungschickte Lehrer?» Aber es sah wohl, daß sein Wort nicht haftete. «Gloubscht du, i wär so eine worde?» gab er gereizt zurück.

Weit in die Nacht hinein gab ihm die Neuigkeit zu schaffen. Da hat einer Gaben mitbekommen ins Leben, schöne Gaben des Geistes; aber zum Auswirken im Leben kommt es nicht, brach liegen müssen sie. Warum? Nur weil er kein Geld hat. Ein anderer wird, was er nicht werden sollte, wird etwas, wozu er nicht ausgerüstet ist, nur weil er's hat und vermag. Ungerecht ist die Weltordnung, ungerecht wäre der, von dem sie sagen, daß er das Schicksal der Menschen lenke. Teilt Gaben aus und läßt sie verkümmern, gibt Amt und Ehre dem, der es nicht wert ist! Ein Gott, der Samenkörner schafft und sie verkümmern, ersticken läßt, der so zwecklos, ziellos, ja widersinnig handelt, kann der Gott sein? Ja, wenn dann noch ein Ausgleich geschaffen worden wäre, wenn nach der ersten Enttäuschung die Erfüllung einer andern Hoffnung eingetroffen wäre, zufrieden wollte er dann sein, an einen gerechten Gott wollte, könnte er glauben. Aber statt dessen der zweite noch härtere Schlag! Nein, das ist zuviel! Aufbäumen wollte sich sein Inneres; des Zweifels Beute war er. Tagelang beschäftigten, beherrschten ihn diese empörenden Gedanken. Mit Ingrimm schwang er seinen Gertel, und wenn ihm ein rechter Storzen und Knorzen unters Messer kam, hieb er mit Wut auf ihn ein, als ob er den verworrenen, verzworggelten Knoten mit Gewalt zerhauen sollte.

Der guten Schwester war das Unzufriedene, Friedlose, Mürrische im Gesicht ihres Bruders längst aufgefallen, und tiefes Mitleid erfüllte ihr Herz. Innerlich zitternd las sie abends den Bibelabschnitt vor, ob nicht das Gotteswort wie eine heilende Salbe auf die heimliche unheimliche Wunde wirken möchte. Aber immer mußte sie fühlen, daß er nicht dabei war, kaum hinhörte, mußte sogar deutlich sehen die abweisende Miene. Sie war nicht von denen, die meinen, durch stetes Zureden, Bitten, Predigen ein Menschenherz wenden zu können. Wohl aber tat sie, was ihr aufs Herz gebunden war und was ihr immer Zuversicht verlieh. Bei Tag während aller Arbeit, in schlaflosen Stunden der Nacht schickte sie ihre Sorge um den Bruder mit Flehen zu Gott empor. Dann doch einmal wagte sie noch etwas. Es war an einem Sonntagmorgen; sie rüstete sich zum Gang in die Kirche. «Du Peter, woscht nid o-n-esmal mit mer cho? So ne guete, junge Pfahrer hei mer sit eme Jahr. We du wüßtisch, wie dä eim dr Wäg cha zeige!» So herzlich lud sie ihn ein. Allein umsonst war die Liebesmüh. Kopfschüttelnd sagte er nur: «Bi o unterwise, weiß scho, was si säge! Es stimmt nid, ha's anders erfahre!»

Immer tiefer versank er in sich selbst, redete mit niemand, außer wenn es nicht anders ging, und dann war's, wie wenn ihn jedes Wort einen Batzen kostete. Daß ihn die Leute bald für einen Kuriosen ansahen, sich immer seltener an ihn wandten, ihn schweigend seiner Wege gehen ließen, das konnte ihm nur recht sein. Aber weh wollte es ihm tun, als er merken mußte, daß auch die Kinder nur mit scheuen, ja furchtsamen Blicken an ihm vorbeigingen, daß die Kleinen ihn mieden, auf dem Weg einen großen Bogen um ihn machten oder gar einen Nebenweg einschlugen, wenn sie seiner ansichtig wurden, während die Größern ihm frech ins Gesicht schauten, grinsten und hinter seinem Rücken ungeniert lachten und spotteten. Tief schnitt ihm das ins Herz, ihm, den die Kinder im Kohlgraben so wohl mochten, weil er immer ein freundliches Wort, ein neckisches Späßchen für sie hatte. Wie kam das auch? Waren die Kinder in dieser Gegend anders, oder war er ein so ganz anderer geworden? Er wußte nicht, daß sie ihn im Walde belauscht hatten, wenn sie von den Beerenplätzen an seinem Bödeli vorbeigingen, daß sie oft hinter einer Tanne hervor ihn beobachtet hatten, wenn er mit sich selber oder mit dem knorrigen Ast geredet, wie wenn er einen Schelm, einen Räuber vor sich hätte, Wörter ausgestoßen, die nicht eben schön waren, Schimpfwörter, Fluchwörter. Er hatte es nicht beachtet, ahnte nicht, wie unheimlich er ihnen dann vorkam und wie sie daheim berichteten über ihn als einen gefährlichen Waldmenschen. Er wunderte sich, daß die Leute und besonders die Kinder ihn so seltsam anguckten, wurde böse darob, schnauzte einen kleinen Bub, der geradezu mit großen Augen und offenem Maul vor ihm stehenblieb, an: «Was gaffischt du mi so a, wie wen i Hörner hätt!» Ach, hätte er seine Ohren in die Stuben hinein tragen können, oder auf die Straße, wenn zwei beisammenstanden, er hätte Bedenkliches vernommen. «Er het öppis Schwärs ume z'trage», war noch das mildeste, was man im Anfang hörte. – «O si Liebschti wird ihm untrue worde sy!» war die zunächstliegende Deutung. – «Är chunnt de no drüber us!» – «Es isch ihm i Chopf cho.» – «Er het si hintersinnet!» – «Er ischt z'hinterfür!» – «Verhürschet isch er!» – «Es Redli z'viel het er!» – «Ds Roß ischt ihm ertrunne, und er het ds Leitseil verlore!» «Verrückt ischt er, i ds Nahrehuus ghört er!» So lauteten die liebevollen Ausdrücke der lieben Mitmenschen über den Bedauernswerten.

Es war ein Glück für ihn, daß er's nicht hörte; er hätte es am Ende selbst geglaubt und wäre das geworden, was sie von ihm behaupteten. Er wußte es nicht, hatte selbst keine Ahnung wie er aussah, daß sein Gesicht, sein Ausdruck allen Anlaß bot zu solchen Reden. Aber eines Sonntagvormittags wurde ihm ein Licht aufgesteckt. Er war am Rasieren, besah sein Gesicht im Spiegel. Da, ohne daß er's wollte und dachte, trat ihm ein anderes Bild vors Auge, ein Erinnerungsbild, sein eigenes Gesicht, wie es aussah in seiner besten Zeit auf der Kohlmatt. Deutlich sah er's und daneben sein jetziges Konterfei im Spiegel. Vor Chlupf über den Gegensatz wich er einen Schritt zurück. War er das wirklich oder war's ein anderer, der ihn anschaute, so hässig, so mürrisch, so zerrissen in allen Zügen? Diese eingefallenen, bleichen Backen, die Runzeln an der Stirn, das wirre lange Haar drüber hinab, der stobere Blick unter den wilden Augenbrauen hervor, vor dem er sich selber fürchtete, war das wirklich sein Gesicht, sein Blick? War es möglich, daß er, der ehemals so muntere Kohlmattpeekli, in so kurzer Zeit, innert eines halben Jahres, sich so schrecklich verändert hatte? Ohne Zweifel, so war er jetzt einer. So weit war's mit ihm gekommen. Da gesellte sich zu seinem Grübeln, zu seinem Unmut der Kummer, die Sorge: Wie wird's noch mit mir herauskommen, in welchem Haus lande ich noch? Schwach und elend ward ihm ums Herz, grau vor den Augen, und tiefer noch sank sein Gemüt in Düsterkeit. Und er sah keinen Weg, der ihn aus der dunklen Tiefe ans Licht geführt hätte, erblickte kein Seil, an dem er sich emporziehen könnte. Wohl hatte er gelesen, wie Menschen aus eigener Kraft sich sozusagen an ihren eigenen Haaren aus dem Sumpf zogen; aber er hatte sich selber sagen müssen: das sind Büchermenschen, Bücherfiguren, sie haben nicht Fleisch und Bein. Ein solcher Wundermann, Märchenmann war er nicht. Vermauert schien ihm alles ringsum. O warum konnte er nicht sein wie andere seinesgleichen, in den Tag hineinleben, essen und vergessen? Warum war er verurteilt zu denken, zu grübeln, gerade er? Aber ein Leben ohne zu denken, das hieße ja stumpfsinnig dahintaumeln. War das für ihn noch ein Leben? O wenn er loskommen könnte! Sein Dasein ward ihm zur Last. Und doch, es wegzuwerfen, sein Leben, nein, dagegen wehrte sich etwas in seinem Innern, eine Scheu, ja ein Schrecken vor dem bloßen Gedanken.

Bethli kam heim aus der Predigt, sah ihn auf dem Ruhbett so fahl, so müde. «Fählt dir öppis, Peter?» fragte es mütterlich. «Nüt appartig», gab er zur Antwort, «oder eigetlech – nüt und alls!» Das hatte die Schwester schon lange gewußt. O er dauerte sie bis ins Herz hinein. Sie hatte es wohl gesehen in der letzten Zeit, wie es ihn innerlich umtrieb, wußte auch oder glaubte wenigstens zu wissen, was ihn so erhudelte, glaubte, es sei einfach immer noch der Gram über die verlorene Liebe, ahnte nicht, welch einen Drachenschwanz von Zweifeln das Erlebte nach sich gezogen. Ihr Kummer um den Bruder war in den letzten Tagen noch genährt worden durch das Gerede, das auch an ihr Ohr gedrungen war. Gerade heute auf dem Kilchweg hatte sich Vreni, die Nachbarin, zu ihr gesellt und geheimnisvoll geflüstert: «Ja gäll, du Arms, du hesch es schwär i dr letschte Zit. E derige Möntsch by dr z'ha, wo – wo schwärmüetig ischt, oder, ja i mueß drs doch grad use säge, was d'Lüt säge: Im Chopf fähls ihm, verhürschet sig er. Ja dänk emel o, es git Lüt, wo scho meine, dä müeß me de gli versorge. Aber nei, das gloubeni de doch nid; er isch ja doch süsch rächt gäge di, nid wahr, er tuet doch nid wüete daheim, ischt no nie uf di z'dorf cho mit de Füüschte oder mit dem Gertel, oder? Ja gäll nid? E wie tätischt du mi erbarme, näbeme derige z'sy, wo me z'Läbes nid sicher ischt vor ihm, u de no vor eme liblige Brueder!» – Wie dem Bethli dabei zu Mute ward, können wir uns kaum denken. Wie es auch versicherte, dr Peter sei daheim dr freinst Bursch, tüei ihm alls z'Gfalle, was er ihm nume chönn a den Ougen abläse, – es gschweigte damit nicht im geringsten die geschwätzige Begleiterin. «Ja, ja», flüsterte sie, «es ischt äbe no im Afangsstadium, du wirsch scho no öppis erläbe, du Arms, wie channscht mi emel o duure!»

Die Predigt von diesem Fraueli hatte ihm die Predigt des Pfarrers ganz versalzen und versäuert, und einen Bodensatz davon trug es heim. Und fand es zu Hause nicht bestätigt, was das Weiblein ihm zugeraunt, fand es den armen Bruder nicht in einer bedenklichen Verfassung? Aber es war ein tapferes Bethli, es hielt an sich, leerte nicht sein volles Herz gleich aus wie einen Kratten voll Steine; ein kluges Bethli war es, kam nicht hereingeplatzt mit dem, was ihm zuvorderst lag: «Ietz han i emel o ne Erger gha; weischt, was d'Lüt über di säge!» – Es drang auch jetzt nicht weiter in ihn, umgab ihn ganz unauffällig mit um so mehr Liebe, rüstete sein Lieblingsessen. Aber während das Feuer im Herde prasselte und die Apfelküechli in der Pfanne brodelten, stiegen aus seinem Herzen unhörbar, aber unaufhörlich seine Seufzer auf zu dem, der die Herzen erforscht, der aber auch Herzenswunden heilen kann.

Am Nachmittag tat Bethli den Wunsch kund, doch noch einmal bevor es einwintere Peters Arbeitsplatz und Werk zu sehen, und wiewohl er lieber seiner Neigung gefolgt und zu Hause gebrütet hätte, überwand er sich, begleitete seine Schwester hinauf in den Wald. Sie zeigte ihre unverhohlene Freude an dem schönen Platz, den mächtigen Wedelebergen, jedes Stück ein kleines Kunstwerk. «Bischt du aber flyßig gsy!» rühmte sie, «und e wahre Meischter i dim Fach!» Und er wußte, daß sie's aufrichtig meinte, und es tat ihm wohl. Ja plötzlich war es ihm, als ob sein Mütterlein vor ihm stünde, ihm liebreich übers Haar striche und zu ihm sagte: «Peterli, bischt halt mis brave Chnächtli!» Eine Träne mußte er sich abwischen. Fing es an zu tauen in seinem gefrorenen Herzen?

Wenn in der nächsten Woche etwa ein Bub oder ein Erwachsener den Fußweg herauf- oder herabkam und neugierig nach dem Wedelemacher blinzte, so kamen sie nicht auf ihre Rechnung; denn da war weiter nichts zu sehen als ein fleißiger Mann, der bedächtig und ohne sich umzuschauen Ast um Ast zerhackte, kein Wort, kein Fluch, kein Selbstgespräch war zu erlauschen. Verwundert und unbefriedigt gingen sie von dannen.

Ein Kranker kommt einem guten Doktor in die Hände

«E grüeß Gott, so flyßig, so flyßig!» klang es mit freundlicher Stimme eines Nachmittags an Peters Ohr. Überrascht, fast erschrocken schaute er auf; ein Herr stand vor ihm, in grauer Kleidung, im besten Alter, etwa in den Dreißig. Kein Bauer war's, das sah man ihm an, es war ein Herr. So einer war ihm hier oben den ganzen Sommer nicht über den Weg gelaufen. Es konnte ein Doktor sein oder ein Notar oder ein Sekundarlehrer. Verwundert war Peter nur, als ihm der Herr wie einem alten Bekannten die Hand reichte mit den Worten: «So, so, isch das ietz üse berüehmte Wedelemacher! Das freut mi ietz, Euch einischt z'gseh!» Er komme da von der Holzegg herab, wo er die schwerkranke Mutter besucht habe, und nun habe er einmal den Fußweg durch den hintern Wald nehmen wollen; er möchte doch nach und nach jeden Winkel in der Gemeinde kennenlernen. «Jä, sit Dir öppe der Herr Pfahrer?» kam es jetzt stotternd und ganz verschämt aus Peters Munde. «He, ja, dä sötti sy!» sprach dieser lachend und fuhr fort: «Me lehrt doch gäng no neui Lüt chennen uf dr Wält, gället!» Peters Verlegenheit war nicht gering. Er hatte seines Wissens den Pfarrer noch nie gesehen, war werktags im Wald und sonntags nicht in der Kirche. Doch der Pfarrer ließ es ihn nicht entgelten, hob nicht den Finger auf, sagte nicht: «Jä Dir wüsset schynts no nid, wo d'Chilche steit!» Nein, er tat ganz wie ein Mensch, musterte gleich mit kundigem Blick die stattlichen Beigen und den zur Neige gehenden Asthaufen. «Ja, ja, Dir sit e Meischter i Euem Fach», sagte er ganz respektvoll. «Eui Wedele si bereits bekannt, für nid z'säge berüehmt!» – «O es manglet si z'rüehme!» wehrte Peter bescheiden ab. «U de, was für nes prächtigs Plätzli heit Dir Euch da usegläse! Es gluschtet eim ganz, sich da e chli niederzlah!» Und ohne Umständ setzte er sich auf den kurzen, dicken Trämel, der noch dagelassen worden war. «Chömet u haltet o nes chlis Raschtli! Das tuet Ech guet; Dir übertüet Ech nume fascht i Euem Yfer!» Der Pfarrer zog einen Stumpen hervor, bot Peter auch das Päcklein dar, und eh dieser sich's versah, saß er gemütlich schmauchend neben dem Pfarrer auf dem Trämel; zeichnen möchte ich das idyllische Bild, wenn ich zeichnen könnte. Und nun entwickelte sich ganz ungezwungen ein Gespräch. «Dir sit schynts nid vo hie?» begann der Pfarrer. «He, wie me will, mini Eltere hei hie gwohnt, aber i bi als Güeterbueb scho mit zähe Jahre i mi Heimetgmeind cho, dert z'oberscht im Ämmetal, und bis vor churzem dert blibe.» Ein Wort gab das andere. Peter, der sonst so kurz Angebundene, er gab jetzt Red und Antwort, durfte nicht anders, und wenn er's allzukurz und mutz machen oder diesen und jenen Umstand schlau umgehen wollte, dem Pfarrer entging es nicht; er frägelte ganz unschuldig, bis auch diese Lücke überbrückt war. Merkwürdig, es war gerade, wie wenn der Pfarrer einen Magnet besäße, mit dem er Peters Worte aus dem Halse zog, unwiderstehlich eins ums andere. «Das ischt aber e Gwundrige!» dachte Peter und nahm sich vor, auf der Hut zu sein, nicht alles zu offenbaren. Aber kaum gedacht, hatte er unversehens schon wieder ein Stück aus seiner Vergangenheit preisgegeben. Der Pfarrer war einfach ein Genie im Fragen; ein Untersuchungsrichter war an ihm verloren gegangen; der raffinierteste Schelm wäre in seinem Fragennetz hängen geblieben. Aber er tat's nicht als Richter, er tat's als Arzt, der doch wissen muß, wo der wunde Fleck ist, der Fieberherd, bevor er sein Heilmittel wählen kann. Er gehörte nicht zu den Oberflächlichen, stets Pressanten, die, kaum daß der Kranke ihnen vors Auge gekommen, schon ein Gütterlein rüsten mit einer allgemeinen Mixtur, die, wenn sie auch nicht schadet, doch auch nichts nützen kann. Nein, er nahm sich Zeit, gab nicht nach, bis er das Übel an der Wurzel fassen konnte; aber nicht unerchannt machte er's, fein, «psychologisch» sagt man heute; die Liebe führte das Wort, lenkte die Hand. Das spürte unser Peter aus allem heraus, und sachte schloß sich auf das seit langem so stark verriegelte Pförtchen seines Herzens; Zutrauen zog ein, wo so lange Mißtrauen und Menschenscheu, ja Menschenhaß gehaust hatten.

So kam's, daß nach kurzer Zeit die alte, aber wieder neu aufgebrochene Wunde von Peters einst so jäh ersticktem Herzenswunsch nach dem Lehrerberuf offen vor den Augen des Seelendoktors lag, samt dem eiterigen Geschwür, das sich daran gebildet hatte. – «'s ischt schwär», sagte der Pfarrer, «eis vom Schwärschte für ne junge Möntsch, wen ihm si Lieblingswäg vermuuret wird», und unverkennbar war eine tiefe, warme Teilnahme aus seinen Worten herauszuhören. «Aber Dir sit da nid allei; Dir heit Schicksalsgenosse, meh als Dr meinet. Das ischt ja an und für sich kei Troscht. Aber loset glychwohl, wie's mir gangen ischt, was i zwar süscht nid feil ha.» Und er erzählte, von Muttern her habe er eine ausgesprochene musikalische Anlage geerbt, habe schon von früh an recht gute Fortschritte auf dem Klavier gemacht und bald auch im Violinspiel; nichts sei ihm lieber gewesen als zu musizieren, und ausgemacht sei es bei ihm gewesen, die Musik als Lebensberuf zu wählen. Aber als es zur Entscheidung kommen mußte, da habe sein praktischer Vater ein energisches Veto eingelegt: «Kei Musiker wird mir dä Bueb; numen es musikalisches Genie bringts dadrin zu re gsicherete Existänz, u für nes Genie halten ig ne nid, höchschtes für nes leidlichs Talänt. Channscht studiere, was de woscht, Medizin, Jurisprudenz, Philosophie, Theologie, da lahn i dir alli Freiheit!» Ein Sterben sei es für ihn gewesen, von seinem Lieblingsplan abzustehen, aber nichts sei ihm übrig geblieben, als sich zu fügen. Pfarrer werden schien ihm noch das Erträglichste; denn früh schon sei ihm durch seine fromme Mutter die Bibel lieb gemacht und der Glaube ins Herz gepflanzt worden. Und jetzt sehe er ein, daß der Vater recht gehabt. Die Selbstüberwindung habe ihm Segen gebracht. Der Glaube sei ihm nicht nur erhalten, sondern vertieft und geläutert worden. Und andern den Weg zu zeigen, sei ein heiliges Lebensziel. Die Musik aber, wenn sie auch nicht sein Weg geworden, so sei sie doch das Blümlein am Wege, seine liebste Erholung und Erheiterung, ganz nach Martin Luthers Wort: «Der schönsten und herrlichsten Gaben Gottes eine ist die Musica. Der ist der Satan sehr feind, – damit man viel Anfechtungen und böse Gedanken vertreibt. Der Teufel erharret ihrer nicht.»

«Ja, ja, Herr Pfahrer», wagte jetzt Peter einzuwerfen, der bisher still und mit gespannter Aufmerksamkeit zugehört hatte, «Dir chönnet wohl rede, Dir sit äbe doch Pfahrer worde; aber ig, was bin i? Nüt, – e Wedelemacher!»

«Guete Fründ, es chunnt gar nid so viel druf a, was men im Bruefsläben ischt; aber alls chunnt druf a, was me wird. I will Ech es Värsli säge, wo mi sälber oft tröschtet het. Viellicht het dr Dichter – Langewiesche heißt er, wen i mi nid irre – drby öppis anders im Oug gha als i. I dänke drby a di üssere Wäge im Möntscheläbe, a Stand und Beruef, und i der Beziehung schynt es mir wahr u chöschtlich. Es heißt:

> Der rechte Weg? Ein jeder führt nach Haus!
> Geh ihn nur recht, so wird der rechte draus!»

«Geh ihn nur recht, so wird der rechte draus!» wiederholte Peter leise und nachdenklich. «Ob i ne o rächt gange bi . . .?»

«Luegit», fuhr der Pfarrer fort, «mir si ungfähr glych alt, und es chönnt wohl sy, daß mer einischt näbenander vor e göttliche Richter z'stah chöme. Da chan i mer gar wohl dänke, daß er zu mir würd säge: ‚Lueg, dä Peter da ischt e bessere, e treuere Wedelemacher gsy als du e Pfahrer!'»

Bei diesen Worten ging es wie ein elektrischer Schlag durch Peter, und unwillkürlich rückte er weit von seinem Gaste ab auf dem Trämel.

«Herr Pfahrer», schrie es aus ihm heraus, «säget nid so öppis, sägets nid! O we Dir wüßtit, was i für eine bi, Dir hättet nid eso gredt! I hasse d'Möntsche, si hei mer wehta. I ha se verfluecht, die wo mis Glück zerstört, zertrampet hei. No meh, i ha d'Fuuscht gäge Himel ufgha, und handkehrum han i zwyflet, obs überhoupt e gerächte Gott gäb!»

Der Pfarrer wußte mehr von Peter als das, was er soeben im Gespräch aus ihm herausgebracht hatte. Bethli, das auch ab und zu im Pfarrhaus auf der Stör war, hatte ihn ins Vertrauen gezogen, ihn um Rat gebeten in seinem Kummer über den Bruder. Aber er ließ sich's nicht merken, sagte nicht: «Ja, ja, i weiß's scho; bös het men Euch mitgspielt!» Er schwieg, wollte Peter nicht die Gelegenheit rauben, Herz und Gewissen zu erleichtern. Und dieser, – so weit war sein eingefrorenes Inneres schon aufgetaut, daß das Brünnlein von selber zu fließen anfing. Er begann zu erzählen von dem, was quer auf seinen stillen Lebensweg gestoßen sei, was sein Glück zerstört habe. Nicht wie ein Ungebildeter, im Denken ganz Ungeübter, der Hauptsachen und Nebensachen nicht unterscheiden kann und vom Hundertsten ins Tausendste kommt, erzählte er, blieb beim Wichtigsten, knapp und sachlich. Wohl zitterte die Stimme, mühsam und stockend rangen sich die Worte hervor, wie wenn sie aus tiefster Tiefe heraufgepumpt werden müßten. Eine Arbeit war's, schwerer als die schwerste Holzbürde. Aber jetzt war sie abgelegt. Ein Seufzer der Erleichterung entrang sich seiner Brust.

Mit aufrichtiger Anteilnahme hatte der Pfarrer Peters Bericht angehört, mit keinem Worte ihn unterbrochen. Nachdenklich blickte er in die vom Winde sanft geschaukelten Tannenwipfel, wie wenn er über alles weg in die weite Ferne sähe. Dann, einer plötzlichen Eingebung folgend, sprach er wie für sich selbst langsam und fast feierlich: «Ja, ja,

> Wenn alles eben käme,
> wie du gewollt es hast,
> und Gott dir gar nichts nähme
> und gäb dir keine Last:
> Wie wär's da um dein Sterben,
> du Menschenkind, bestellt?
> Du müßtest ja verderben,
> so lieb wär dir die Welt!» (de la Motte Fouqué)

Er wollte noch mehr sagen; aber ein Blick auf den Mann neben ihm verwehrte es ihm. Der saß da, mit schwer atmender Brust, das Gesicht in beide Hände vergraben. Ohne Zweifel, es arbeitete in ihm; nicht nur die Lunge, das Herz hatte offenbar etwas zu verschaffen. Und der seelenkundige Arzt hatte sich nicht getäuscht. Starkes ging in Peters Seele vor. Wie kam der Pfarrer gerade auf diesen Vers, den Lieblingsvers seines seligen Mütterleins, an dem es sich so oft aufgerichtet in seiner notvollen Lage, daß es seinen Glauben, sein Gottvertrauen nie verlor? Was war sein eigenes Leid, sein Unglück gegen dasjenige dieser Dulderin! Und sie kam nicht darunter, wie er sich hatte darunter bringen lassen, blieb darüber, emporgehoben und getragen von einer geheimen Kraft, die auch im dunkeln Tal der Todesschatten nicht versagte, ihr getroste Zuversicht verlieh! Mit tiefer Beschämung mußte er sich gestehen: Was bist du für ein Schwächling gegenüber dieser Heldin! Ja auch dein Trotz ist nichts als Schwäche. Warum? Weil du den Glauben deiner Mutter verloren hast!

In diesem Augenblick bewahrheitete sich an ihm der Ausspruch eines tiefblickenden Mannes: «Wenn man sich recht schämt, das ist wie das Faulen und Keimen des Weizenkorns; es ist der Anfang einer neuen Pflanze!» Mit einemmal war es ihm, als ob auch er sich aufschwingen könne über sich selbst und über sein Weh hinaus, hinauf in lichte, weite Höhen, und von dort aus herniederblicken auf den Schauplatz seines Lebens, und siehe da, klein, verschwindend klein erschien ihm, was ihm eben noch wie ein erdrückender Berg vorgekommen war. Die Ewigkeit war vor sein Auge getreten. Eine neue Sicht begann ihm aufzugehen.

Lange war er so in sein Sinnen versunken dagesessen, völlig vergessend, daß er nicht allein sei. Der Pfarrer hatte ihn nicht gestört. Er konnte reden, und er konnte auch schweigen, wo ein anderer redete. Längst waren die Stumpen ausgegangen, die sie anfangs zur Anregung einer gemütlichen Stimmung angezündet hatten. Schon senkte sich die frühe herbstliche Dämmerung auf den Wald. Der Pfarrer stand auf, bot Peter die Hand. Doch dieser wollte ihn nicht allein durch den dunklen Waldgraben gehen lassen, «'s ischt e schlächte Wäg un im Schwick isch es stockfeischter.» Der Pfarrer wollte wehren, er finde es schon. Aber mit einer Stimme, die die Ergriffenheit nur mangelhaft verhehlte, sprach Peter: «Dir heit mer dr Wäg zeigt us eme-n-Irrgarten use; wie sött i Euch nid dr Wäg zeigen usem Wald!» Sie sprachen nicht mehr viel. Doch einmal stand der Pfarrer still und sagte: «Peter, es isch mer hüt im Wald grad gsy wie i der Chilche.» – «Ja, d'Chilche ischt zu mir cho i Wald!» erwiderte Peter.

Er war ja noch keineswegs über alles hinaus, was ihn so grausam umgetrieben hatte. Nicht auf alle Fragen war ihm Antwort geworden. Aber die grauen Nebel begannen sich zu lichten; die ärgsten Zweifel waren geschwunden, wie und vor wem, wußte er selber nicht, jedenfalls nicht durch Verstandsgründe; ein Lichtstrahl von oben mußte sie verscheucht haben. Schon vermochte er den Standort und das Bild der Sonne zu erkennen, etwas verdeckt noch und bleich; aber eine erwartungsvolle Ahnung sagte ihm, daß sie sich seinem Auge in ihrer vollen Klarheit enthüllen werde.

Höchlich erstaunt war Bethli, als sein Bruder eintrat mit viel hellerem Blick als sonst und mit dem freundlichen Wort: «Ha Bsuech gha hüt, errat vo wäm?» Und wie wunderte es sich, als es bemerkte, wie er nach dem Nachtessen an sein Tröglein ging, darin nuschete und grub, wie wenn es gälte, einen Schatz aus der Tiefe zu heben. Und wie machte es erst recht große Augen, als er dann mit der Flöte herauskam, die es noch nie zu Gesicht bekommen hatte, und ein Lied zu spielen begann. «E gottlob, ietz chunnts guet!» sagte es zu sich selber.

Derweil aber kam des Nachbars Bub nach Hause gesprungen, schier außer Atem, und rief, indem er beinahe zur Küchentür hineinfiel: «Müeti, Müeti, däich, der Wedelemacher tuet flöte!» – «E du min Troscht», rief das Vreni, «ietz hets gfählt!» Und nach einigem Besinnen: «I has doch de no däicht, wo-n-i vori im Dorf dr Pfahrer ha mit ihm gseh drhär cho. Dä Stürmi het ne gwüß no z'vollem z'hingerfür gmacht!»

Ja, so kann das gleiche verschieden gedeutet werden.

Am nächsten Sonntagmorgen trappte Peter, bevor es das zweite Zeichen läutete, schon frisch rasiert und gesundiget auf dem Terraßlein vor dem Häuslein auf und ab und wartete mehr oder weniger geduldig auf seine Schwester, die gerade heute auch gar nicht fertig werden wollte. Endlich kam sie, und von weitem sah man ihr die Freude, ja sogar einen gewissen Stolz an, daß sie mit ihrem Bruder zusammen zur Kirche gehen durfte. Peter fühlte sich noch fremd in der fremden Kirche seiner Heimat, nahm Platz in der hintersten Ecke auf der letzten Bank der Portlaube. Er erinnerte sich noch knapp, daß man vor dem Absitzen den Hut vors Gesicht hält, und dunkel kam es ihm, daß man das eigentlich so mache, um ohne Ablenkung in dieser Minute ein Gebet zu sprechen. Er machte es kurz, es kam ihm nichts in den Sinn als der Seufzer: «O Gott, mach, daß der Pfarrer das sagt, was ich nötig habe!» Er achtete es nicht, daß manche Männer den Hut nur vor den

Mund hielten, derweilen sie die Augen schweifen ließen in die Kirchenbänke auf der Frauenseite, merkte es auch nicht, wie einige Burschen sich anstießen, die Köpfe nach ihm umwandten und dann miteinander tuschelten. Still schaute er vor sich nieder, sang mit der Gemeinde, richtete dann Aug und Ohr unverwandt auf den Pfarrer. Bethli hatte ihm auf dem Kirchwege gesagt, daß er schon einige Sonntage über das Unservater gepredigt habe. Heute kam er an die fünfte Bitte: Vergib uns unsere Schulden, wie wir vergeben unsern Schuldnern! Tief und aufweckend griff sein Wort ins Gewissen, zeigte, wie schlecht wir bestünden im Spiegel des heiligen Gotteswillens, wie bitternötig uns diese Bitte sei, wie sie aber zugleich eine Verheißung bedeute auf Gewährung durch unsern Herrn Jesus Christus, – wie wir uns aber selber im Wege stünden und die Erhörung verhinderten, wenn wir unser Herz hart machten gegenüber dem Nächsten, wie der große Schuldner im Gleichnis es getan hat.

Wie der Acker nach langer dürrer Zeit durstig jeden Tropfen Regen, der vom Himmel kommt, aufsaugt, so nahm der stille, einsame Zuhörer in der hintersten Ecke die Verkündigung auf; kein Wort entging ihm. Still, in sich gekehrt, ohne mit einem Menschen sich ins Gespräch einzulassen, ging Peter nach Hause. Unbelästigt, nur verwundert und kopfschüttelnd überließen ihn die Kirchgänger sich selbst. Auch die Schwester störte ihn nicht, fragte nicht einmal, wie ihm die Predigt gefallen habe; sie fühlte es ihm an, daß er etwas zu verarbeiten habe, wobei fremde Hilfe nur ein Hindernis wäre. So ließ sie ihn auch ohne Besorgnis und Einrede gewähren, als er nachmittags den Weg einschlug in den stillen Wald.

Nicht an den werktäglichen Arbeitsplatz lenkte Peter seine Schritte; in den verlassensten, verschwiegensten Winkel des Waldes trieb es ihn. Dort setzte er sich auf den Stock einer gefällten Tanne. Bis ins Innerste hinein war er beunruhigt, alter Bodensatz war aufgewühlt und trübte seine Seele. Besinnen mußte er sich, ins klare kommen mußte er um jeden Preis, ins reine mit sich selbst, ins reine mit Gott. Er ließ sein Leben vorüberziehen vor seinem Auge in all den bisherigen Stationen, prüfte sich, erlas sich, – nein, er ließ sich prüfen, erlesen. Denn ihm war's, als säße er auf der Anklagebank vor seinem Richter, und der Richter hatte Augen wie Feuerflammen, und sein Blick durchdrang sein ganzes Wesen und Sein bis ins Mark der Seele, ein Allwissender, vor dem es kein Verheimlichen, kein Beschönigen, kein Entfliehen gibt. Wohl war ihm bei der Unterredung mit dem Pfarrer dort auf dem Trämel eine neue Sicht aufgegangen; aber deutlicher noch als dort trat ihm heute die Vergangenheit vors Auge, so deutlich wie noch nie. Er sah sich, wie wenn es ein anderer wäre, wie wenn sich ein lebendiges Bild ums andere vor seinem Auge abspielte, sah das Büblein, wie es am Bette seiner sterbenden Mutter stand, die es mit Tränen ermahnte, den Heiland lieb zu behalten, keinen Tag ohne ein Gotteswort vorbeigehen zu lassen, das Beten nicht zu vergessen, die geistigen Getränke, die den Vater ins Verderben getrieben, zu meiden. Heilig war der Augenblick. Dann sah er den Verdingknaben, den das Heimweh fast zerriß; fleißig schaute er auf aus dem engen, düstern Graben zu dem schönen blauen Himmel, wo sein Mütterlein jetzt war, hielt sich treulich an dessen letzte Worte, vergaß das Beten nicht. Aber dann ging's hinein in die Arbeit, die Schule kam dazu und nahm ihn in Anspruch, dann die Unterweisung. Wohl empfing er gute Lehren; aber der Lehrer und der Pfarrer schienen zufrieden zu sein, wenn er seine Sache gut konnte, und er begnügte sich mit ihrem Lob, kam sich als guter Christ vor. Dann das Knechtlein und der Knecht, ganz in Beschlag genommen vom Werchen, und es ging ihm gut, ja immer schöner wurde es, die Liebe zog ein in sein Herz, süße Hoffnungen auf Glück und Wohlstand schwellten die Brust. Was brauchte er noch zum Himmel aufzuschauen, auf der Erde war sein Glück! Keine Not, kein Krieg, keine Krankheit bedrohte sein junges Leben. Sorglos, gewohnheitsmäßig ging er den Weg aller Welt. Wohl hatte er sich vor groben Ausschreitungen gehütet, galt als braver Bursche, dem niemand Übles nachreden konnte, – Bewahrung war es! sagte ihm jetzt eine innere Stimme. Aber wie war's um seine Gedankenwelt bestellt? Welche Bilder beschäftigten sein Denken, seine Phantasie? Und von dem Gott seiner Mutter war er fern. Und doch, wie stand geschrieben mit eherner Schrift im heiligen Buch? Du sollst Gott, deinen Herrn, lieben von ganzem Herzen! Hatte er Gott geliebt? Nein, fremd und kalt stand er Gott gegenüber; wie der verlorene Sohn im Gleichnis war er von ihm weggelaufen. Dann zog sich das Ungewitter über seinem Haupt zusammen, der Blitz schlug ein. War's nicht ein Ruf seines himmlischen Vaters: Komm heim! Statt darauf zu achten, öffnete er sein Ohr dem Bösen, hegte und pflegte bittern Groll und Haß in seinem Herzen. Aber mit gleicher Flammenschrift stand es da: Du sollst deinen Nächsten lieben wie dich selbst! Er war verurteilt von dem heiligen, allwissenden Richter. Angstschweiß trat auf seine Stirne.

Aber auch der Versucher war ihm in die Einsamkeit

hinaus gefolgt. «Bist du das gewesen?» flüsterte er ihm zu, «war's nicht ein ganz anderer? Ist ein Mann in reifem Alter mit so schöner Einsicht, die du jetzt hast, verantwortlich für das, was das Kind, der Knabe, der Jüngling tat und dachte oder nicht tat und nicht dachte?» Doch diese Einflüsterung verfing nicht bei ihm. Allzudeutlich zog sich wie ein roter Faden sein Ich durch alle Phasen und Situationen seines Lebens hindurch. «Ich war's und ich bin's! Ich kann mir nicht entrinnen, kann dem furchtbaren Richter nicht entfliehen! Verantwortlich bin ich ihm!» Und aus der tiefsten Tiefe seiner Seele schrie es: «Vergib, mein Gott, vergib mir meine Schuld!»
Aber wie mit Donnerstimme drang jetzt der Nachsatz dieser Bitte an sein Ohr! «Wie wir vergeben unsern Schuldnern!» Diese furchtbare Bedingung! Wie, er soll vergeben das himmelschreiende Unrecht, das ihm angetan, in so roher Weise angetan worden war! Die Mißachtung seiner Verdienste, die absichtliche Mißdeutung seines Wesens, die rohe Zerstörung seines eigenen und noch eines lieben Menschen Glückes! Vergeben! Mein Gott, das kann ich nicht. Zuviel ist es verlangt! Unmännlich, schwächlich ist das Vergeben! Und doch, es steht da: Vergebet, so wird euch vergeben! Wie hatte schon der Pfarrer gesagt? «Und wenn du's nicht kannst, nicht zustandebringst, der, der es mit göttlicher Autorität fordert, er ist's, der auch Kraft gibt dem, der sich zu schwach fühlt dazu; dem Aufrichtigen läßt er's gelingen. Es muß erbeten sein!» Mein Gott, ich will, ich will vergeben! Mach du mein hartes Herz weich! Erlöse mich von dem Bösen! Aus tiefstem Innern hatte sich dieser Notschrei gerungen.
Da war's, als ob sich neben dem Richter das Kreuz

erhübe hoch und nahe, und vom Kreuz herab vernahm er die Stimme des heiligen Gottessohnes: «Ich habe getragen deine Schuld und hinweggetan. Vergib, wie dir vergeben ward! Meine Kraft ist in den Schwachen mächtig!» Und es geschah vor seinem Auge, daß das Antlitz des gerechten Richters sich wandelte in das Angesicht eines Vaters, der seinen verlorenen und wiedergefundenen Sohn umhalst.

So war Peters stiller Sonntagnachmittag eine Gerichtssitzung geworden. Er hatte das Urteil anerkannt und war begnadigt worden. Ein neuer Anfang war gemacht, ein Anfang, der nicht ohne Fortsetzung blieb, denn

>   Wer die Arme nach dir breitet,
>   der ist schon nach Haus geleitet.   Schüler

Der Wedelemacher wird Schindler und der Schindler Pfarrhelfer

Es dunkelte, als Peter zu seiner Schwester ins Stübchen trat. Aber sie erkannte dennoch auf den ersten Blick, daß ein anderer heimkam als der, der heute in den Wald gegangen. Heller leuchtete sein Auge, Friede schwebte über dem Ernst seiner Züge. Unter den Leuten aber gab es kein geringes Verwundern, als Peter nicht ins Irrenhaus kam, dafür Sonntag für Sonntag in der Kirche zu sehen war, ja sogar an den Mittwochabenden ins Pfarrhaus ging, wo der Pfarrer Männerzusammenkünfte veranstaltet hatte. «Ietz übertribt ers uf die anderi Site!» hieß es bei einigen, «zellet druf, ietz nimmts ne de erscht rächt!» Doch gab es auch andere, die freuten sich, sagten, der Pfarrer sei ein guter Seelendoktor, es wäre zu wünschen, daß noch viele auf ihn hören wollten.

Abend für Abend klangen jetzt Flötentöne aus dem Schachen hinüber ins Dorf. Schöne Lieder waren es, und manche Frau und manche Tochter stimmten summend ein in die Melodie. Auch der Pfarrer vernahm sie, und eines Abends kam er zu Bethlis und Peters Überraschung ins Schachenhäuschen, wahrhaftig mit dem Geigenkasten unterm Arm. Er fiel fast mit der Tür ins Haus und mit den Worten: «E grüeßech mitenand, das han i gar nid gwüßt, daß Dir so meischterlich chönnet Flöte spile. Da sy mir ja verwandt mitenander! Wei mer da nid chli zämespanne?» Und ohne weiteres stimmte er die Geige, hatte auch einige Blätter mit einfacher Musik mitgebracht, und nun gab's ein Duett, schöner nützti nüt. Daß nach und nach in aller Stille eine ganze Kuppele junger Leute vor den Fenstern sich versammelt hatte und begierig lauschte, achteten sie nicht einmal. Der Pfarrer war nicht wenig erstaunt über Peters feinen musikalischen Sinn und über seine Fertigkeit, machte mit ihm ab, allwöchentlich an einem Abend im Pfarrhaus zusammenzukommen, wo ein Klavier zur Verfügung stehe und seine Frau mit Vergnügen die Begleitung übernehme. Bald kam es dazu, daß bei festlichen Anlässen in der Kirche Geige und Flöte und Orgel erklangen. «Wär hätt das gloubt, daß i däm Wedelemacher so öppis steckti!» sagten die Leute. Und andere meinten: «Es schynt doch Harmonie i si Chopf cho z'sy!»

Niemand war glücklicher über Peters Veränderung als Bethli, seine Schwester. Ungeheißen las er nun selber den Abendsegen. Eines Abends kam es anders heim als sonst. Es mußte etwas Besonderes erlebt haben. Und nicht lange brauchte er zu gwundern und zu werweisen. Es habe eben die arme, immer zu Schwermut geneigte Lisabeth im Dorfe besucht, berichtete es. Merkwürdig still und gefaßt sei sie ihm diesmal vorgekommen. Und dann habe sie ganz ergriffen erzählt, was sie gestern abend erlebt habe. Kohlenbrandschwarz sei ihr alles vorgekommen, kein Lichtstrahl, kein Trostspruch sei ihr geworden. Verloren auf ewig sei sie, habe ihr der Versucher zugeraunt, und sie habe es ihm geglaubt, und verzeifelnd an Gott und am Leben sei sie die Treppe hinaufgestiegen auf die Heubühne, ein Seil in der Hand. Da seien plötzlich Töne an ihr Ohr gedrungen, süße, wie aus dem Himmel stammende Töne seien es gewesen. Und auf einmal habe sie das Lied erkannt, das sie einst in der Sonntagsschule mitgesungen: «Der beste Freund ist in dem Himmel...» Sie habe es für sich gesagt, und helle sei es in ihr geworden: Bist doch nicht verloren, hast doch einen gnädigen Gott und Heiland! Und daran halte sie sich jetzt wie an einem starken Stab. – Ganz stille und nachdenklich war Peter geworden bei diesem Bericht. «So cha mi Gott am Änd doch no zu öppis bruuche», sagte er leise. «Dadrann zwyfle nid!» ermunterte Bethli.

Und es war so. Bekümmerte, verzagte Seelen gibt es überall, gab es auch in jenem Dorf an der Emme Strand. Denn «Die Welt ist voller Herzen», hat jemand gesagt. Und es war, wie wenn sie ein besonderes Zutrauen faßten zu dem Manne, der selber aus tiefsten Dunkelheiten herausgerissen worden war, hinaufgerettet ans helle Licht. Und ab und zu und immer mehr geschah es, daß Peter und seine Schwester am Abend oder am Sonntag Besuch erhielten, und mehr als einer sagte es im Vertrauen zu einem andern: «Dr Wedelemacherpeter, dä cha eim zuespräche und z'rächt hälfe wie niemer süscht; är versteit eim no besser als dr Pfahrer.» Er wurde der Vertrauensmann für Betrübte, Vereinsamte, Belastete, und kein Mensch sprach mehr vom Irrenhaus.

Und doch, Peter hatte auch seine Sorgen. Der Winter stand vor der Tür. Sein Verding mit dem Bauer war erfüllt, die letzte Wedele gebunden. Wie sollte es werden? Den Winter über auf dem Ofen hocken, war eine unmögliche Aussicht, wenn auch der Lesehunger von neuem und mit Macht in ihm aufgewacht war. Nein, Arbeit mußte er haben, Arbeit war jetzt Bewahrung und Segen für ihn. Da kam eines Abends der alte Schindlerruedi z'Abesitz. Nicht daß er etwa Zuspruch begehrte; er fand seinen Trost von selber und nur zu fleißig im Gläschen. Er sei im Runzifall, sagte er, könne wegen seiner Gliedersucht nur mit Mühe noch schaffen und hätte soviel Aufträge. Der Peter habe eine geschickte Hand, das habe er wohl gesehen, er hätte das Schindelmachen bald gelernt. Und es sei ja eine gäbige Arbeit, am Schermen und an der Hilbi. Es leuchtete Peter nicht übel ein, und als die letzten Wedele abgeführt waren, setzte er sich auf den Schemel in Ruedis Budicke, der ihm mit zitternder Hand, aber ganz väterlich die Griffe und Kniffe seiner Kunst zeigte. Zuerst noch behutsam, aber bald schon ganz tifig hantierte er mit Schindeleisen und Schlegel, was bei dem Alten ein anerkennendes Grunzen herauslockte. Ab und zu mußte er auch mit ihm in den Wald, um Holz zu sondieren und zu kaufen; nicht leicht zu befriedigen war der Alte, recht wunderlich und wählerisch tat er. Nur die schönsten feinjährigen rottannenen Trämel, möglichst astfrei, waren ihm gut genug als Schindelholz. Peter lernte manches, und der Meister war mit ihm höchlich zufrieden. Nur in einem nicht. Als er gutmütig und wohlmeinend seinem Gesellen auch das Schnapsgläslein füllte, konnte und wollte er's nicht begreifen, daß dieser es entschieden zurückwies, bis Peter ihm eines Tages erzählte, warum er sich enthalte. «Jäso, bischt du dr Jung vom Malerpeek!» rief er erstaunt, «ja, dä han i guet gchennt, e gschickte Mändel ischt er gsy, aber äbe, übertribe het ers, übertribe, das mueß me säge! Ja, ietz begryffen i di. Aber weisch, we mes nid übertribt...!» Ganz süferli gab ihm Peter zu merken, daß mancher nicht glaube, er übertreibe es, und doch sei es so und er nehme Schaden an seiner Gesundheit und an allem. Es war merkwürdig, immer wieder kam der Schindlerruedi auf dieses Thema, besonders wenn der Gesell sein Kacheli Milch trank zum Znüni oder Zvieri, während er selber dem Gläschen zusprach. Es stach ihn, er hatte gehofft, einen guten Kollegen zu finden in allem, denn «Geteilte Freude ist doppelte Freude!» Und nun war er so schwer enttäuscht. Seines Wissens gab es keinen Schindler weit und breit, der so wunderlich tat, wenn ihm ein's eingeschenkt wurde. Daneben war ihm der Peter lang recht, ein kurzweiliger, gescheiter und geschickter Bursch war er, sparsam auch, das wußte er, gewiß mußte er ein ganz hübsches Sümmchen auf der Kasse haben, während er selber nicht Nägel genug hatte an der Wand, um seine Schulden von dem einen an den andern zu hängen. Von Zeit zu Zeit und fast regelmäßig kam dann das Elend über ihn; da war er weich, umarmte und küßte den Peter, nannte ihn seinen besten, seinen einzigen Freund, der es gut mit ihm meine, versprach hoch und teuer, nie einen Tropfen Gebranntes mehr anzuzuführen, – um schon am Abend wieder der Macht des Geistigen zu unterliegen. Aber Peter seinerseits war es unmöglich, dem Jammer stillschweigend zuzusehen; doch fiel er nicht mit der Türe ins Haus, benahm sich klüglich, benutzte jede gute Stunde, um ein gutes Wort anzubringen, dem Armen das Glück auszumalen, das ihm noch blühen könnte, wenn er solid würde, und ihm von dem ein Wort zu sagen, der gekommen und imstande ist, den Gebundenen die Freiheit zu schenken. Zäh ging es, den Mann aus der grausamen Grube zu ziehen, bald ging's einen Ruck hinauf, bald wieder einen Ruck hinunter. Und doch, mit der Zeit gelangte er hinauf und hinaus. Immer freilich bedurfte der Geschwächte der Stütze seines Helfers, der nicht müde wurde, die Geduld nicht verlor, bis er ihn endlich mit Gottes Hilfe auf festen Boden gebracht hatte. Rührend war die Anhänglichkeit des von seinem Tyrannen Befreiten an seinen Helfer, und wo er konnte, brachte er sein Lob über ihn an. Man lächelte zuerst ungläubig, zweifelte am Erfolg, meinte, eine Katz könne das Mausen doch nie lassen, mußte aber schließlich anerkennen, daß es hielt. Wie ein Wunder war es und doch wahr.

Es war inzwischen Frühling geworden. Da hielt es Peter nicht mehr aus in der Budicke, die mehr im Boden als über dem Boden lag; hinaus in den Wald zog es ihn, und da ihm längst neue Aufträge geworden waren, nahm er wieder seinen Wedelebock hervor, vertauschte das Schindeleisen mit dem Gertel und fühlte sich in seinem Element. Im Winter aber kehrte er wieder beim Ruedi ein zu dessen großer Freude. So kam es denn, daß er unter zwei Namen figurierte, je nach der Saison hieß er der Wedelemacher oder der Schindlerpeter. Noch ein paar Winter schaffte er als Gehilfe beim

Ruedi. Dann wurden dem Alten die Augen zu trüb, Schindeleisen und Schlegel zu schwer; er mußte sich legen und starb im Frieden, nachdem er bekannt hatte, die letzten Jahre seien die schönsten seines Lebens gewesen.

Peter erstand das Werkzeug, siedelte sich in einem hellen Kellerraum im Schachenhäuslein damit an und trieb die Hantierung auf eigene Rechnung weiter. Wer ihn etwa besuchte an den kalten Wintertagen, um sich zu wärmen, der sah ein Büchlein liegen dicht neben ihm auf dem Brett an der Wand, in das er von Zeit zu Zeit einen Blick warf, als ob er einen Imbiß nähme daraus. Und wen der Gwunder stach, was das für ein interessantes Büchlein wäre, dem kam's mehr oder weniger bekannt vor: das Neue Testament. Und selten einer ging von dannen, ohne erwärmt zu sein bis ins Innere und ein gutes, träfes Wort mit heimzunehmen, das er nicht so bald vergaß.

Auch der Pfarrer kam öfter zu einem Besüchlein in die mit Tütschine und Schindeln gefüllte Budicke; er habe den Geruch des Holzes so gern, sagte er. Übrigens sei der Peter mit seiner Hantierung in achtbarer Gesellschaft, der letzte Abt von Trub sei nach der Aufhebung des Klosters zur Zeit der Reformation auch Schindelmacher geworden und habe sich in der hiesigen Gegend mit seiner Hände Arbeit den Lebensunterhalt verdient, wie der Apostel Paulus einst mit Teppichweben. Das Gespräch lenkte sich bald auf ernste, tiefe Dinge. Der Pfarrer hielt es nicht unter seiner Würde, Peter ins Vertrauen zu ziehen in mancherlei Fragen und Anliegen geistlicher und praktischer Art; denn er fand bei ihm ein Verständnis und eine Einsicht wie bei kaum einem andern seiner Gemeindeglieder. «Dr Peter ischt mer e rächte Hälfer worden i dr Gmeind», sagte er eines Abends zu seiner Frau. «Ja, das glouben i», erwiderte die Frau Pfarrer, «und öppis fallt mer uf by-n-ihm. Weischt no, wie dä drigluegt het, wo-n-er dahäre cho ischt? Fyster u bös, zum Förchten isch es gsy. Und ietz, ganz en andere ischt er. E Fründlichkeit und en Anstand ischt i sim Wäse, daß me nume frage mueß, wohär dä eifach Ma das het; emel numen aglehrt isch es nid; me gspürt, es chunnt vo innen use. Und us sim Gsicht lüüchtet eim öppis eggäge, – wie söll i däm säge? Nid nume Zfrideheit, nei: Fride. Er schynt mer o ehnder jünger als elter worde z'sy. E größeri Veränderig han i no nid bald ame Möntsch gseh.» – «Ja», sprach der Pfarrer, «da bhertet sich dä Värs im Guete:

> Eine Gerechtigkeit gibt's auf Erden:
> daß aus Gedanken Gesichter werden.

Einmal, es war schon im zweiten Winter, den Peter beim Schindlerruedi zubrachte, war ein Stein in das sonst stille Wasser seines Wesens geworfen worden, der nicht ohne Wellenringe blieb. Im Auftrag seines Meisters hatte er ein Füderlein Ziegelschindeln nach Langnau, der stolzen Metropole des Emmentals, gebracht. Als er im Hirschen etwas Warmes zu sich nahm, rückte ein Mann neben ihn mit dem Gruß: «Es düecht mi gäng, i sött di kenne! Jä, bischt du nid der Chohlmattpeekli?» Es war ein Bauer aus der obern Gegend, den Peter wohl kannte. «Du hescht di aber gmacht, wie-n-i gseh!» fuhr er fort, indem er Peters flotte Gestalt und gute Kleidung von oben bis unten musterte. Eins gab das andere mit «Was läbscht und was tribscht?» Und ohne Umständ berichtete der Mann, dem der Wein die Zunge ordentlich gelöst hatte, auch allerlei aus Peters gewesener Heimat. «Und weischt ds Neuischte», sagte er blinzelnd, «daß dr Chrigel vom Chalbergrat sich ietz ygwybet het uf der Chohlmatt?» – «Mit der Tächter, dem Kätheli?» entfuhr es dem Aufhorchenden. «Ja, mit wäm de süscht? Emel nid mit dr Alte! Z'Martistag hei si Hochzit gha. Es nimmt mi wunger, wie das de dert zäme gyget! Da sy zwe herti Gringe binangere, di Trine und dä Chrigel!» Peter mußte sich fest zusammennehmen, um nicht seine Bewegung zu verraten. Was der Mann sonst noch berichtete von dem und jenem Haus, Wald und Roß, er hörte es nicht, sagte bald, er habe noch Verrichtungen und müsse dann fahren. Eng ward's ihm in der breiten Brust, auf dem breiten Brügiwagen, als er heimzu fuhr, zum Zerspringen eng. Grimmiger Zorn wollte aufwallen in ihm: «So hei sie's doch erzwängt, die ...» aber er fühlte, daß er nicht Raum geben dürfe dem Zorn, hielt an sich, und die Erregung machte einem heißen Weh im Herzen Raum. «Das arme Chind, das arme Chind!» kam's ihm ein übers anderemal über die Lippen, während er den Kopf schüttelte. Er hatte nie geschrieben. Hätte er sollen? Nein, nein, damit hätte er den hoffnungslosen Schmerz in Käthelis Herzen nur grausam aufgewühlt. Stiller noch als sonst kehrte er heim, viel hatte er zu verwerchen. Die alte Wunde war aufgebrochen; aber er kannte die heilsame Salbe. Und Bethli half ihm auch beim Verbinden.

*Ein Stärkerer kommt über den Starken
und über den Stärkern der Allerstärkste*

In der Kohlmatt war's in der Tat so gekommen, wie es zu Peters Ohren gelangt war. Wenn nun dieser oder jener Leser, der gewisse Erfahrungen gemacht hat, vielleicht denkt: «Ja, so sind sie, die Mädchen, wankelmütig, unbeständig, unverläßlich!» der möge mit seinem Urteil über Kächeli doch noch ein wenig zurückhalten und zuwarten. Und wenn eine temperamentvolle Leserin, die sich für felsenfest und willensstark hält, in helle Empörung ausbrechen sollte über Käthelis Tatenlosigkeit und Nachgiebigkeit und fest und teuer behauptet, in seinem Fall hätte sie sich nicht lang besonnen, hätte Kohlmatt Kohlmatt und Trini Trini sein lassen, wäre draus und davon dem Liebsten nach, wenn nötig durch die ganze Welt, bis sie ihn gefunden hätte, wie die bewundernswerte Heldin in dem und jenem Roman, – die möge sich auch vorerst ein wenig in des armen Käthelis Schuhe und Seele hineinversetzen, bevor sie über es den Stab bricht.

Es ist wahr, Kächeli war nicht im Buch, es war im Kohlgraben; sein ganzes Sein und Leben war mit seinem Heim, mit der Kohlmatt, verknüpft und verwachsen. Es war nicht abenteuerlich veranlagt, hatte keine Ideen geschöpft aus abenteuerlichen Romanen. Darum packte es nicht sein Körblein oder Säcklein und floh hinaus dem Liebsten nach über Berg und Tal, über Länder und Meere, ging auch nicht hinein in den hintersten Krachen des Grabens und stürzte sich in wildem, verzweiflungsvollem Weh über die Fluh hinaus. Nein, das tat es nicht; nicht einmal in den Sinn kam es ihm; denn es hatte echtes Emmentalerblut. Es blieb wo es war, würgte hinunter sein Herzeleid, schloß es ein in sein innerstes Seelenkämmerlein, trug es mit sich herum bei Tag und bei Nacht. O es gibt auch ein passives Heldentum, das sich im Tragen und Leiden bekundet, – das freilich erst dann als Heldentum gelten kann, wenn Geduld und stille Ergebung in den Willen des Höchsten seine innersten Kräfte sind, was wir allerdings einem jungen, unerfahrenen Kätheli nicht zuschreiben und auch nicht zumuten dürfen.

Von dem fürchterlichen Auftritt her an jenem Abend war Kätheli ein anderes geworden. Das letzte Glütlein der Liebe zu seiner Mutter, das nie stark aufgeflammt hatte, war erstickt, erloschen, zu Asche geworden. Frostig, ja eiskalt war sein Verhalten zu ihr, die ihm das Leben geschenkt und das Leben geraubt hatte. Als dann schon in der Frühe des nächsten Morgens nach Peters Weggang der Chrigel sich eingestellt hatte, den Stall besorgte, die Milch in die Küche brachte, wie wenn sich das von selber verstünde, und Kätheli mit Handschuhen greifen konnte, daß alles ein perfid abgekartetes Spiel war, flackerte zwar wieder ein Glütlein auf, aber in Zorn und Ingrimm. Doch es schwieg, und nur seine Blicke, die unmißverständlich von herzlicher Verachtung sprachen, bewiesen, daß es das listige Netz, das um ihns geworfen werden sollte, erkannte und durchschaute. Die momentane Zornwallung erstarrte in ihm zu einem bleibenden Groll über die beiden, die es als seine verschworenen Feinde betrachten mußte. Liebe und Haß kämpften um den Vorrang in seinem Herzen. Aber der Liebe kam kein Hoffnungsstrahl entgegen, und den Verhaßten konnte es nicht entfliehen; alles war vermauert mit himmelhohen schwarzen Wänden. Wer will es dem armen, wehrlosen Kinde verdenken, wenn seine Seele immer mehr in den Zustand stumpfer, dumpfer Ergebung versank! Und dieser innere Zustand wirkte sich unaufhaltsam und unwiderstehlich auch nach außen aus. Verschwunden war sein kindlich frohes Wesen, der heitere Blick seiner klaren Augen, das frische Rot seiner Wangen, sein sonniges Lachen, der warme, so herzvolle Ton seiner Rede. Langsam, ja schleppend bewegten sich seine sonst so flinken Füße, mechanisch, gedankenlos, abwesend verrichtete es die gewohnte, früher so freudig geleistete Arbeit; ein düsterer Vorhang hängte sich über seine Augen, kaum ein Wort, geschweige ein Späßchen kam aus dem zugekniffenen Mund. Trini sah das wohl, ein Blinder und Tauber hätte fühlen müssen die dicke, schwüle Luft, und es wäre ihnen zum Ersticken übel geworden dabei. Doch Trini war von härterem Holz, hatte dickere Haut. Es schien ihr ganz wohl zu sein in der dicken Luft; die Genugtuung, etwas durchgezwängt zu haben, ihrem Ziele um einen großen Schritt näher gekommen zu sein, verlieh ihr Kraft und Lebenslust. Aber sie war keine Dumme, überschüttete Kächeli nicht mit Reden und Schimpfen und Fragen wie die: «Was ischt o mit dr? Was hescht emel o, du Göhl? Es wär si drwärt, so dumm z'tue!» Sie schwieg und dachte: «Me mueß's la mache; es wird scho versurre; me mueß ihm nume Zit lah!» Die triumphierenden Blicke aus ihren grauen, kalten Augen, womit sie das zerdrückte Dasein ihrer Tochter begleitete, bemühte sie sich freilich nicht zu verbergen, und es wirkte auf Käthelis Wunde wie Salz und Pfeffer. Aber seine zähe Natur hielt's aus; es legte sich nicht sterbend zu Bett, tat täglich seine Pflicht, lebte und litt.

Der Chrigel blieb und hieß nun Christen; so wollte es das Müeti. Er blieb, nahm die Sache in die Hand, und man mußte zugeben, daß er das Bauern verstand. Trini und er zogen am gleichen Strick, und es schien ganz prächtig zu hotten, wie zwei gut aufeinander abgestimmte Deichselrosse. Um so verlassener kam sich Kätheli vor. Wenn es nicht noch das alte, gutmeinende Stüdi gehabt hätte, so wäre es schier vergangen in seiner schweigenden Einsamkeit. Stüdi bildete gewissermaßen einen Steg, wenn auch einen schwachen, in der zweigeteilten Haushaltung, zwischen deren Teilen eine kalte Kluft gähnte; denn es durfte sich doch mit Trini auch nicht ganz überwerfen, wenn es auch ohne Falsch blieb. Das Schwerste für Kätheli war, daß es notgedrungen mit Chrigel, wie es ihn im geheimen immer noch nannte, so viel zusammen arbeiten mußte. Gerade durch den Gegensatz, den sein grobschlächtiges Reden und Wesen zu dem sinnigen Peekli bildete, wurde ihm das Bild seines alten Freundes in um so hellerem Licht vor Augen gezaubert. Träumend und schweigend schaffte es neben Christen, für ihn auch nicht gerade ein Paradies. Doch er gab sich alle Mühe, darüber wegzusehen, nett und anständig zu sein. Ja, sogar einer gewissen Ritterlichkeit befliß er sich, griff die Sache immer am schwereren Ende an, nahm ihm ohne weiteres die schwere Säumelchtere ab oder den vollen Wasserkessel beim Brunnen, wenn er gerade dazu kam. Doch war er oft auch recht geschlagen, wenn es ihm kaum mit einem Merci dankte, immer das gleiche saure, kühle Gesicht ihm zeigte. Aber wenn er's der Alten etwa klagte, so wußte sie ihn ganz verständig zu trösten: «Bis nit so dumm, me mueß ihm Zit lah; zell druf, es wird scho murbe!»

So blieb es Tage und Wochen, einen kurzen Sommer und einen langen Winter und wieder einen Sommer. Immer hatte Kätheli gehofft, irgendein Lebenszeichen von Peter zu bekommen, einen Gruß, ein Brieflein, er konnte ja so gut schreiben. Aber vergeblich, alles blieb still. Es wußte nicht, wo er war, in der Nähe jedenfalls nicht, sonst wäre ihm das bekannt geworden, weit weg mußte er sein, da drunten im Land oder gar in Amerika, beides für ihns ungefähr gleich weit. Es quälte sich, klagte im stillen oder höchstens einmal vor Stüdi: «Er het mi vergässe!» Aber sogleich war es wieder bereit, ihn zu verstehen, ihn zu entschuldigen. Es war klug genug, sich zu fragen: «Was würde es abtragen, wenn er mir schriebe, liebe Erinnerungen auffrischte? Das hieß nur, alte Wunden aufreißen, zum Tode verurteilte Hoffnungen beleben! Und doch, wie wohl täte es meinem Herzen bei allem Weh!» Immer verlassener kam es sich vor, hilflos gegenüber den Gewaltmächten um es her. Eine dumpfe, stumpfe Ergebung in etwas Unabänderliches nahm überhand. War es ein blindes Schicksal, war es Gott? «Es wird mer so verordnet sy!» seufzte es, wie so viele seiner Art und seines Geblüts, wenn sie sich schicken müssen in etwas, das nicht zu ändern ist. O es gibt nicht nur unter Muhameds Halbmond Leute, die an ein unabwendbares, vorausbestimmtes Schicksal, an ein unentrinnbares Fatum glauben. So ließ sich Kätheli willenlos weitertreiben.

Christen war immer gleich nett und gleich freundlich geblieben, so daß es sich sagen mußte: «So ne Untane, wien-i gloubt ha, ischt er am Änd doch nid!» Auch das Müeti taute nach und nach auf, wurde mütterlicher, redete wieder, nicht bedrohend und schimpfend, nahm sich zusammen, um die Tochter nicht kopfscheu zu machen. Recht fein wußten sie's einzufädeln. Wenn stetes Tropfen sogar einen Stein höhlt, wievielmehr ein weiches, fleischernes Menschenherz, ja ein Mädchenherz! Und am End aller Enden kam es so, wie Trini es geweissagt; Kätheli wurde murb, gab nach, nicht freudig, nicht willig, aber es gab nach. Unzusammengezählt wie ein Kälblein zum Metzger ließ es sich von Christen zur Kirche führen. Aber als sie vor dem Taufstein standen, konnte es sich des Gedankens, mit dem es so oft gespielt, nicht erwehren: «Ach, wenn's dr Peter wär!» Unter Tränen, kaum hörbar, flüsterte es das verlangte Ja.

Bei Trini war nun eitel Freude; sie war ja nun am Ziel ihrer Pläne, sie hatte gesiegt. Und es mußte gut kommen; noch alles was sie erzwängt, war gut herausgekommen, wenigstens nach ihrer Meinung. Sie konnte nur nicht begreifen, daß in Käthelis Wesen nicht viel anders wurde. Zwar verlangte sie mitnichten, daß es ihr um den Hals falle, sie verküsse in zerfließender Dankbarkeit, nein so etwas verlangt und erwartet eine Emmentalerbäuerin nicht. Aber es hatte doch einen Mann, es und das Heimet waren versorgt. In diesem Sinn suchte sie auch der Tochter begreiflich zu machen, daß sie zufrieden sein könne und – glücklich!

Christen seinerseits schien wirklich beglückt. Er pfiff, er jodelte im Stall und im Tenn. Stolzer und höher schien er gewachsen, sein Selbstbewußtsein war in einer Nacht aufgeschossen wie die Rizinusstaude des Propheten Jona. War er doch jetzt nicht mehr der Kalbergratchrigel, sondern der achtbare Kohlmattchristen, war fest eingesessen in dem warmen Nest, dem schönen Heimet, kein Mensch und kein Teufel konnte ihn mehr daraus vertreiben. Aber sein Wesen hielt nicht Schritt mit der Verfeinerung seines Namens, ds Gunträri. Wie ein umgekehrter Handschuh war er vom Tag an, da er sein Schäflein im trockenen hatte. Als ihn ein Kamerad neckte: «Bischt Sühniswyb worde gäll?» – da rötete sich sein Gesicht, ballte sich seine Faust, und übel wäre es dem Frager ergangen, wenn er sich nicht so blitzschnell, wie es einem Emmentaler möglich ist, abgewandt hätte. «I will ech scho zeige, wär d'Hosen ann het uf dr Chohlmatt!» schrie er dem Fliehenden nach. Und er zeigte es, zeigte den Hausgenossen den Meister, den Alten und den Jungen. O es kann einer – oder eine – nicht nur ein Jahr, nein zwei, fünf, zehn Jahre sich zusammennehmen, sein wahres Wesen, seine Gesinnung verdecken, verschleiern, wenn es sein Zweck erfordert; aber mit Sicherheit kommt der Tag, da herausbricht, was zuinnerst lag, wie ein Vulkan auch jahrelang ruhig und unschuldig sich verhalten kann, um eines Tages doch loszubrechen, Feuer und Lava zu speien, Menschen und Wohnstätten zum Unheil. Christen war drunten im Land bei einem aufgeklärten Bauern Knecht gewesen, hatte gelernt, wie man die Landwirtschaft rationell betreibt. Längst hatten sich in seinem Kopf Pläne zu eingreifenden Reformen angehäuft wie aufgestautes Wasser; jetzt waren die Schleusen geöffnet, der Strom konnte sich ergießen. Ein rationell geführtes Bauerngut erträgt keine Parasiten, hatte er einmal in einem Vortrag gehört, welches Fremdwort er ziemlich richtig mit Schmarotzer übersetzte, d. h. Wesen und Sachen, die nichts eintragen, nicht rentieren, das Kapital nicht verzinsen, nur Platz versperren, Unterhalt verlangen, Essen und Fressen. Da gilt es, solche ohne allen Pardon abzustoßen, durch anderes, Abträgliches ersetzen. Gefühle haben da nicht mitzusprechen; der kühle, berechnende Verstand allein hat das Wort, hau's oder stech's.

Da war vorerst die alte Mähre Lise, einst ein guter,

starker Ackergaul, freilich nie allzuflink, aber frein und fromm. Schon als siebenjähriges Kind war Kätheli vom Brunnentrog aus auf ihren Rücken geklettert, hatte sie aufs Feld hinaus geleitet, und gar trefflich hatten auch Hansueli und sie miteinander harmoniert, auch im Tempo. Aber Christen war sie viel zu langsam, viel zu schonungsbedürftig und viel zu gemütvoll; fort mußte sie. Trini belferte, meinte, die Lise tät's noch lang. Kätheli flehte: «Lahn ere doch ds Gnadebrot by-n-is; chouf minetwäge no es jungs Roß drzue!» Aber beides half gleichviel, nämlich nichts. Es kam der Tag, an dem die Lise frisch geputzt und gestriegelt von Christen abgeführt wurde. Es war, als ob das gute Tier merkte, um welch einschneidende Veränderung es ging in seinem Dasein; immer drehte es den Kopf nach Kätheli um, das mit Stüdi auf der Bsetzi stand, während Trini, die Abschiedszene vermeidend, drinnen im Stübli blieb. Kätheli gab der Lise noch ein Zückerli zur Versüßung des bittern Scheidens, und diese ranggete und rieb ihren Kopf am Arm der vertrauten Freundin, ja sie schien wahrhaftig zu weinen, große Tropfen rannen aus ihren feuchten Augen. Auch Kätheli konnte sich der Tränen nicht erwehren; aber Christen schnurrte es an, hart und kalt: «Bis doch kes Ching!» Und, «ietz vorwärts hü!» kommandierte er und zog das widerstrebende und immer wieder zurückhaltende Tier am Halfter fort. Noch lange schauten die beiden Frauen dem scheidenden Hausgenossen nach.

Beim Hineingehen wandte sich Stüdi mit bedrückter Stimme an Kätheli: «Ietz chunnt de d'Reie a mi! «E was seischt», erwiderte die Junge erschrocken, «das doch öppe nid!» – «Jä wohl», beharrte Stüdi, «i han e bstimmti Ahnig, lue de nume; alls Alte ischt fürig bi däm...»

Am Abend kam Christen angetrabt auf einem stolzen Dragunerpfärd!

Als nach einiger Zeit der kalte Märit war in Langnau, juckte es Christen, seinen Bekannten zu zeigen das schöne Roß, die schöne Frau. Diese konnte sich nicht erwehren, wie wenig ihr auch daran gelegen war; sie mußte aufsitzen, saß aber bald in hellen Ängsten auf dem Reitwägeli; denn wie's Bisenwetter jagte der Draguner davon. Wie sanft und gemütlich war doch dagegen eine Fahrt mit der Lise gewesen! Als das Fuhrwerk eingestellt war im Hirschen und Christen noch einen Handel hatte mit einem Metzger wegen einer Kuh älteren Jahrgangs, ging Kätheli den Märitständen nach, um etwas zu kramen fürs Müeti. Eben vertiefte es sich in die ausgelegten wollenen Sachen, als es plötzlich einen ziemlich unsanften Mupf bekam in die Seite. Erschrocken wandte es sich um nach dem unvorsichtigen Stopfi, der es beinahe umgestoßen hätte. Aber siehe da, es war ein Roß, ja wahrhaftig in der Lise treue Augen blickte es. Sie war an den Karren eines Grämplers gespannt; aber wie der musterte und fluchte, die Lise war nicht weiter zu bringen. Da stand sie, hielt Kätheli den Hals dar zum Streicheln und Tätschlen, rieb den Kopf an ihm, scharrte und schien außer sich vor Freude über das ungeahnte Wiedersehen. Auf den ersten Blick sah Kätheli, wie es um die arme Alte stand; schon ganz abgemagert war ihr Leib, daß man die Rippen zählen konnte. Schnell schritt es zum nächsten Stand, der Backwaren ausgestellt hatte, kaufte einen Wecken, nein, wahrhaftig ein großes Mütschli, nahm ihr ohne weiteres das Gebiß aus dem Maul und gab ihr Brocken um Brocken. «Dir chennet schynts enangere!» fragte der Fuhrmann mit einem bittersüßen Lächeln, und Kätheli erklärte ihm die alte Bekanntschaft. Absteigen mußte er, den Zügel ergreifen und seinem Roß die Geißel zeigen, die es vordem kaum je gespürt hatte, jetzt aber mit Schein nur zu gut kannte. Endlich trottete es langsam davon, mit hängendem Kopf, als ob es wehmütige Betrachtungen anstellte über die Unbeständigkeit des Glückes. Ganz gerührt erzählte Käthi seinem Mann von dieser unverhofften Begegnung; der aber murrte nur: «Bischt äbe gäng no es Ching!»

Es blieb nicht bei diesem einen Sieg des hartnäckigen neuen Meisters. Den konnte Trini am Ende noch verwinden; denn es sagte sich, daß Christen mit Verstand gehandelt habe. Aber fast Tag für Tag folgten neue Beweise von ihres Schwiegersohnes selbstherrlichem Gebahren. Hatte Trini bestimmt, wo der Kabisblätz angelegt werden solle oder die Flachsere, so mußte es diese nach ein paar Tagen an einem ganz andern Ort suchen. Hatte es ein Werk auf den morgigen Tag angesetzt, zum Beispiel das Kartoffeljäten, so hatte er unterdessen das Bschütten auf die gleiche Zeit angeordnet. Das gab allemal Auseinandersetzungen, von keiner Seite lieblich; aber Christen hatte die kräftigere Stimme und den härteren Nacken, und jedesmal behielt er das Feld. «I will der alte Meisterchatz scho zeige, wär ietz ds Hefti i de Fingere het!» brummte er etwa beim Vorbeigehen in der Küche, und Stüdi, dem weder die Ohren verstopft waren noch der Mund zugefroren, verfehlte nicht, dies prompt geeigneten Orts zu rapportieren.

Trini spürte das Alter, war mit der Zeit ziemlich korpulent geworden; die Feldarbeit setzte ihm zu hart zu. Es hielt sich immer lieber zu Hause auf und etwa im Garten und im Pflanzblätz. Da bekam es oft ein böses Gesicht zu sehen, böse Worte zu hören; fast täglich schlugen brummende Bemerkungen von unnützem Weibervolk, von Leuten, die nur noch am Tisch etwas leisten, an sein Ohr, und Namen, die es früher selbst und fleißig ausgeteilt, wie «du Schlarpi», «du Trappi», wurden ihm jetzt heimbezahlt, ja noch ganz andere. Über die einstige Treiberin war ein noch viel ärgerer Treiber gekommen. So verging kaum ein Tag, daß Trini nicht Nadelstiche zu spüren bekam, und Nadelstiche, wenn sie das Herz erreichen – und das tun sie meistens – sie tun weh, ärger weh als ein Klapf. Bei Trini trafen sie wirklich das Herzblatt, sein angestammtes und durch jahrelange Übung gefestigtes Bewußtsein absoluter Herrschergewalt. Daß es sich aufrichtigerweise gestehen mußte, niemand anderem als sich selber habe es diese Prüfung zuzuschreiben, war auch nicht gerade ein Trost für das verwundete Herz. War Christen nicht von seiner eigenen Sippe und Art? Warum hatte es sich das nicht vor und eh gesagt? Jetzt wurde vor seinen eigenen Augen diese Art zur Unart, dieses Wesen zum Unwesen. Mancher verdrückte Seufzer entrann seinem Munde. So litt die alte, starke Meisterin unter dem noch stärkeren jungen Meister. Wenn ihr dann in stillen Augenblicken Käthelis verhärmtes Gesicht ins Auge fiel, so kam es ihr ganz leise und ungewollt: Es leidet auch, und wer hat ihm dieses Schicksal eingebrockt? Und sie begann ganz leise mitzufühlen, wie es einem vergewaltigten Menschenkind zu Mute sein muß.

Ja, Kätheli! Diesen Kosenamen hatte es schon lange nicht mehr gehört. Drätti hatte es immer so gerufen, und Peter, auch Stüdi, – die Mutter nicht. Christen zwar vor der Hochzeit auch, aber nachher war es für ihn nur noch das Käthi. Auch es hatte nichts zur Sache zu sagen, wurde kaum je ins Vertrauen gezogen, auch bei den wichtigsten Entscheidungen nicht. Gleich vom Hochzeitstag an hatte sich das Blatt gewendet, die Freundlichkeit hatte sich in einen barschen Befehlston, der anfängliche Anflug von Ritterlichkeit in rücksichtsloses Wesen verwandelt; es konnte ihm ja nun nicht mehr entrinnen. Immer wieder gab er ihm Träfe, daß es zu wenig leiste in der Landwirtschaft, was ihm besonders weh tat, weil es früher gerade wegen seiner angriffigen Art geschätzt und gerühmt worden war. Sogar in der Zeit, als er in Aussicht hatte, Vater zu werden, hatte er kaum ein Auge für die Schonungsbedürftigkeit des angehenden Mütterchens. Es hatte dann einen braven Buben zur Welt gebracht, bei welchem Ereignis das nunmehrige Großmüeti bei allem Stolz doch fast etwas wie Neid empfand: «So, was mir mißgönnt worden ischt, das hescht du ietz ufen erscht Chlapf!» lautete seine Gratulation. Natürlich war auch der Vater stolz; aber als er sehen mußte, daß eine Mutter nicht mehr so unbehindert mitziehen konnte am Strick, gab es noch stärkeres Brummen. Und dann kam's bei ihm zu einem Entschluß, der die Gemüter der Frauen zutiefst aufwühlte.

Stüdis Ahnung hatte es nicht betrogen. Heulend kam es eines Samstagabends in die Stube, wo Mutter und Tochter eben die frische Wäsche für den Sonntag zurechtmachten. Fast nicht reden konnte es vor Schluchzen; den Schürzenzipfel vor dem Gesicht, immerfort das Augenwasser abwischend, schrie es: «Ietz het er mer kündet, dä, dä Uflaht!» «Was seischt!» rief Trini, und Kätheli ließ vor Schrecken die schneeweißen Hemden auf den Boden fallen. «Ja, kündet het er mer dr – dr Chrigel!» bestätigte es unter erneutem Schluchzen, indem es erschüttert auf eine Stabelle sank. – «E tue doch nid e so!» sagte jetzt Trini, «das wird ihm öppe nid ärscht sy; da han i däich de o no es Wörtli drzue z'säge!» – «Ja, was wettischt du drzue z'säge ha!» rief Stüdi, «me weiß öppe zur Gnüegi, wär ietz regiert!» Das ging Trini denn doch ins Läbige, ja ins Allerläbigste. War es wirklich so weit gekommen? Solange es auf der Kohlmatt war, hatte es hier die Geige gespielt, und die andern mußten tanzen nach seiner Melodie. Und jetzt sollte es gänzlich abgesetzt sein, sollte selber tanzen nach eines andern Geige, jetzt im Alter, mit erstarrtem Kopf und gstäbeligen Beinen! Ja wolle, jetzt galt's einmal, es drauf ankommen zu lassen, wer der Stärkere sei. Es ging um mehr als ums Puntenöri, den point d'honneur, es ging ums Leben.

Ein unmutiges Nachtessen war's. Nur Christen griff in die Rösti, wie wenn nichts geschehen wäre; den andern war der Hals so eng, daß kaum etwas hinuntermochte, bei Stüdi, das immerfort die Augen abwischte, schon gar nichts. Und nun fing die Musik an, und der Tanz ging los. Ob das wahr sei, fragte Trini ihren Schwiegersohn, daß er dem Stüdi gekündigt habe. Ja, freilich, antwortete dieser trocken, es sei höchste Zeit dazu. – «So», gab Trini zurück, «und i säge, ds Stüdi blibt da! Wo's vor Jahre furt het welle, han ig ihm versproche, es chönn hie es Hei ha bis a sis sälig Änd! Es nähm mi doch de ds Tüfels wunger, ob i nid o no öppis z'säge hätt drzue!» – Jetzt brauste Christen auf, wurde ganz der Chrigel. Er habe nun wirklich genug von dem Weiberregiment, schrie er. Er allein könne sich die Hände abwerchen, um eine ganze Kuppele Weiber zu versorgen, von denen keine was nutz sei zum Werchen. Sie, die Alte, könne nur noch kommandieren und etwa im Pflanzblätz ein wenig krauen; aber mit dem Befehlen sei die Sache eben nicht gemacht. Und das Stüdi, das sei kaum mehr außerhalb der Küche zu sehen; was es da den ganzen Tag zu chniepen und zu schlarpen habe, wisse er nicht, wenigstens seien die Chacheli und das Milchgeschirr nüt demnach sauber. Unrentabel sei ein solches Weibervolch. Von Käthi wolle er nicht reden; es sei und bleibe ein Häpeli und habe genug zu tun mit dem Bub. So könne es bei seiner Seel nicht weiter gehen. Er habe schon eine Jungfrau gedinget, eine junge, starke Werchadere, und einen Knecht habe er auch in Aussicht. Aber dann sei nicht für alle Platz, und das Heimet ertrage nicht einen ganzen Tisch voll Esser.

So hatte er jedem einen Träf ausgeteilt; angerichtet war jetzt, was so lange gekocht hatte in ihm. Sie hatten seine Rede unterbrechen, hatten auch aufbrausen wollen über den ungerechten, übertriebenen Anschuldigungen; aber er hatte sie überschrien. Doch jetzt ermannte sich Trini: «So, so sölls gah uf dr Chohlmatt, und mier und ig söllen i Egge gstellt und am Änd o no usgjagt wärde wie d'Mähre. Weischt du nid meh, wär dir dr Wäg bahnet het hiehär? Und wäm d'Chohlmatt eigetlich no ghört? Mir ghört si, nach altem, gutem Bärnerrächt einschtwile no. Und drum no einischt: ds Stüdi blibt da!»

Bei diesem energischen Erguß hatte sich auf Christens entschlossenem Gesicht für einen Augenblick ein überlegenes Lächeln gezeigt. Jetzt galt es den letzten Trumpf auszuspielen. Gut so, sagte er mit gewollter Ruhe, in diesem Fall werde er gehen, und zwar mit Weib und Kind. Zwei Meister ertrage das kleine Heimetli nicht. Bhüetis, er sei nicht an die Kohlmatt gebunden; die Welt stehe ihm offen. Sein früherer Meister habe ihm kürzlich das Lehen auf seinem großen Gut angetragen. Dann könne es, das Trini, allein kutschieren mit seinem Chuchidraguner bis dr Wage umgheit. Aber wenn es endlich d'Nase ungere ha müeß, dann werde sich's weisen, wem die Kohlmatt gehöre. So sprach er mit todernstem Gesicht, wandte den Rücken und schritt von dannen, daß der Boden unter seinen Tritten erzitterte.

Das waren nicht nur Nadelstiche, das waren Faustschläge auf Trinis altes müdes, aber ebenso auf Käthis junges müdes Herz. Wortlos, verschmeiet saßen die Frauen da. Alle drei spürten und wußten, daß Christen nicht mit sich markten ließ und daß er zur Ausführung der unerhörten Drohung fähig sei. War Trinis Herz wie eine Nagelfluh, das seine war aus Granit, und vor einem Geißberger, wie die Findlinge im Emmental genannt werden, muß selbst die Nagelfluh abbröckeln. Ein Stärkerer war über die Starke gekommen. Käthi, dem bei der Aussicht auf das Verlassen seiner Heimat unaufhörlich das Augenwasser über die Wangen lief, flehte die Mutter an: «Müeti, du chennscht ne, es git nüt angers als nahgäh!» Und in der Tat, Trini wußte auch nichts anderes. Man sprach nicht mehr darüber, von keiner Seite. Aber es kam der Tag, da Trini ihren Schützling, Kätheli seine gutmütige Freundin opfern, Stüdi die Kohlmatt verlassen mußte. Selbst Trini wurden die Augen naß, als die treue Hausgenossin schwankend das Wägelein bestieg, auf dem Christen es zu seiner Bhusig drunten im Bachhüsli führen wollte, von Käthis Herzeleid nicht zu reden. Stüdi war nicht zu bewegen, neben Christen auf dem Sitz Platz zu nehmen; hinten auf sein Trögli setzte es sich, schaute nicht zurück wie einst die Lise, verbarg sein Gesicht im schon durchnäßten Tüchlein.

Die von Christen gedingte Magd kam ins Haus, eine grobhölzige Maid mit einem Gesicht rot wie ein Chlefeleröpfel und mit Armen wie ein Ankenkübli. Man sah bald, daß sie mit Karst und Mistgabel besser umzugehen wußte als mit dem Chachelgschirr, das sie nur so herumschmiß, weshalb Käthi sie möglichst fernhielt von der Küche. Sie war indes merkig genug, gleich vom ersten Tag an zu sehen, wer hier das Hefti in der Hand hatte, achtete sich nicht im geringsten der Weisungen der Alten, wie sie von Christen gelernt hatte vom Müeti zu sprechen, las dafür diesem von den Augen ab, was er wollte. Fremd und fremder kam sich Trini vor im eigenen Heim.

Überhaupt schien es in den paar Tagen seit jenem heftigen Auftritt mit Christen um viele Jahre älter geworden zu sein. Wie sollte es auch nicht? Sein eigener von ihm durchgezwängter Plan hatte solch bittere Früchte getragen! Nichts mehr zu gelten, nichts mehr zur Sache sagen zu können, ja zur Ohnmacht verurteilt zu sein, und sogar das Heimet, sein Königreich, derart verachtet, vernütigt zu sehen, das war für ein Trini, diese absolute Majestät, ein Sterben. Es sank in sich zusammen wie eine Bohnenstaude, deren Stange vom Sturm gebrochen worden ist. Das Bewußtsein seiner Bedeutung, seiner Unentbehrlichkeit hatte es länger in Kraft und Tätigkeit erhalten, als sein alternder Körper es eigentlich erlaubte. Es war mit den Jahren schwer und schwerfällig geworden, und jetzt spürte es das Herz, dessen mahnendes Klopfen es bisher übertönt hatte. Es ist merkwürdig, das Herz, dieses lebenswichtigste Organ, sollte man nicht spüren; sobald man es spürt, ist es nicht in Ordnung. Trini spürte es je länger je häufiger und beängstigender. Es serbelte, nahm zusehends ab.

Mit Schrecken entdeckte es, daß es aus den Kleidern fiel, sie fast von Woche zu Woche verengern mußte. Niemand schien das zu beachten als Käthi. Wenn sein Verhältnis zu der robusten, regentischen Mutter ein kühles gewesen war, jetzt, mit dem gedemütigten, im Mark getroffenen alten Müeti empfand es tiefes Mitleid, erbarmende Liebe. Soviel seine Haushaltspflichten es erlaubten, war es um sie, suchte sie zu trösten, aufzurichten, und seine Worte, die es sich unter fast beständigem eigenem Gemütsdruck abringen mußte, taten ihr wohl, weil aus einem gleichgestimmten Herzen kommend. Mit wehmütigem Blick sah es, wie sie sich aufzuraffen suchte zur Arbeit, der doch ihr hinfälliger Körper nicht mehr gewachsen war, hielt sie freundlich davon zurück, sagte, es seien ja nun genug Leute da zum Werchen. Es bereitete ihr im Verschleikten manches gute Plättlein, ging selber für sie zum Arzt. Aber es ging abwärts mit der einst so starken Frau, unaufhaltsam abwärts. Und eines Tages vermochte sie nicht mehr aufzustehen. Käthi saß an ihrem Bett, strich ihr die bleich gewordenen Haare zurecht, blickte ihr in herzlicher Besorgnis ins trübe Auge. Da nestelte sie ihre welke Hand unter der Decke hervor, suchte Käthis Hand, umklammerte sie, und mühsam rangen sich Worte aus ihrem Mund, unbeholfene Worte, aber aus dem tiefsten Herzensgrund heraufgepumpte Worte: «Kätheli», sagte sie, die sonst ihre Tochter nur mit «Käthi» gerufen hatte, «Kätheli», und ein Ton von einer Zartheit, die es seines Besinnens nie aus ihrem Munde gehört hatte, lag in dem Wort, «channscht mer vergäh?» Kätheli erschrak. «O Müeti, was wett i dir z'vergäh ha!» – «Kätheli mis Ching», fuhr sie fort, «i bi dr vor dim Glück gsy. Und ietz bischt du es Arms, un i bi d'schuld, i ganz alleini. Kätheli –

channscht mer vergäh?» Kätheli wußte nicht wie ihm wurde. «Müeti, Müeti», schluchzte es, «du hesch es ja guet gmeint, hesch es denn nid angers gseh, und – es wird ja guet sy für mi, unger düre z'müeße. Es chunnt eim de einischt nid hert a, we me drvo mueß.» Das Müeti schüttelte nur den Kopf: «Channscht mer vergäh, isch es dr mügli?» – «Ja, Müeti, vo Härze gärn!» – Ein lichter Schein flog über das Gesicht der Kranken. Dann nach ein paar mühsamen Atemzügen hub sie noch einmal an: «Und de no dr Peekli!... Du wirsch ne no einisch gseh. I han ihm Unrächt ta. Säg ihm, es tüei mer leid. Dr Gottswille, er söll mer vergäh... Und ig, – i tragen o niemere meh öppis nah... So ietz chan i gah!... Eh, dr Hansueli!... Gott... gnädig!» hauchte sie, legte die Hände zusammen, noch ein letzter, unendlich wehmütiger Blick auf Kätheli, dann tat sie den letzten Atemzug.

Auf der Kohlmatt wurde nun immer gewaltiger gefuhrwerchet. Alles, was hinderte, alles Alte war weggeräumt, lauter Junges, Starkes zog am Wagen, geleitet von der energischen Hand des Meisters. Auch ein Knecht war eingestellt worden an Stelle der zeitweilig beschäftigten Taglöhner. Im Sommer war ja alle Hände voll zu tun, und im Winter galt es zu holzen, und zwar mit Volldampf. Längst hatte Christen den Wert des prächtigen, bisher so sorgsam geschonten Waldes erkannt. Das Herz lachte ihm im Leibe, wenn er die umfangreichen Weißtannen und die schlanken Rottannen mit kundigem Blicke maß und deren Wert ungefähr berechnete. Mit ganz andern Augen sah er die Bäume an als Hansueli seinerzeit. Der hatte seine Freude an den Bäumen an und für sich, an ihrem schönen, kerzengeraden Wuchs. Wenn er mit Peter durch den Wald ging, um da und dort ein Stück zum Fällen zu bezeichnen, blieb er vor mancher mächtigen Rottanne stehen, schaute wohlgefällig an sie hinauf, sagte: «Nid wahr, es Prachtsexemplar! Dr Sager het mer so und soviel drfür botte; aber sie reuti mi mi Tüüri, i cha se nid gäh!» Die Nachbarn freilich meinten: «Ja, ja, dä cha scho. We me so ungersetzt wär wie der Chohlmatthansueli, de bruuchti me o nid so nahwässig z'holze!» Es standen denn auch in seinem Wald unter andern drei Tannen, die schönsten und größten in der ganzen Gemeinde und weit herum, und er fühlte sich ordentlich stolz, wenn ab und zu Sonntagsspaziergänger, die über die Egg wanderten, einen Abstecher machten, extra um diese Baumriesen zu bewundern. Hansueli war eben noch von der alten Generation, wo nicht der Kopf allein das Zepter führte, wo das Herz noch etwas zu sagen hatte und die Freude an der Natur an und für sich noch beglücken konnte. – Nicht so Christen. Der war ein rationeller Bauer, entsprechend der neuen Zeit, fern von aller Sentimentalität, kein Gefühlsmensch; der Verstand, der berechnende, war Alleinherrscher in seinem Seelenhaus. Er sah sie auch, die schönen Tannen, die runden, hohen Stämme, und sah sie doch nicht, sah dahinter nur den hohen Preis, das schöne runde Geld. Zehntausende von Franken ließen sich aus diesem Walde herausholen, eine wahre Goldgrube war's. Dann ade, du stotzige, kleine Kohlmatt, dann hinab ins Unterland, in den Thurgau oder ins Waadtland, wo große, fruchtbare, fast ebene Güter zu haben sind! So groß hatte er's im Kopf, so weit reichten seine Pläne. Aber vorläufig ließ er nichts davon verlauten.

Einsam und verlassen kam sich Käthi vor nach Müetis

Tod, führte ein unterdrücktes Dasein, hatte keine Seele mehr im Haus, mit der es ein vertrautes Wörtlein hätte reden können. Wohl war ihm der Haushalt überlassen; es wollte zufahren, wie es alles von seinem Müeti übernommen hatte; aber immer deutlicher mußte es erfahren, daß Christen nicht so großzügig war wie das Müeti. Er hatte zu mugglen, zu reklamieren, es brauche zuviel; mit Milch, Anken und Eiern sollte man mehr Geld machen können; es habe nicht sparen gelernt. Geld, Geld und immer Geld war sein Wort, ein Wort, das es zu Drättis und Müetis Zeiten nur selten vernommen hatte. Es war gewiß an Einfachheit und Anspruchslosigkeit gewöhnt, nur sollten es die Leute recht haben mit der Arbeit, mit dem Essen. Jetzt aber war's ein stetes Gejage und Getriebe, nicht nur in den sogenannten großen Werchen, jahraus, jahrein war es die gleiche Hatz und Jagd. Mit Wehmut gedachte Käthi der gemütlichen Abendstunden auf dem Bänklein vor dem Hause beim plätschernden Brunnen oder im Winter um den Tisch beim Rüsten, während Peter etwas Schönes, Lehrreiches vorlas. Das alles war vorbei und dahin. Von nichts anderem wurde geredet als vom Werchen und etwa vom Wetter und von Preisen für Milch, Vieh und Holz. Noch im Bett war Christens Kopf voll Holz und Vieh, voller Zahlen und Franken. Mußte das so sein? Hatten sie nicht alles Nötige? War irgendwelche Gefahr, daß es ihnen geraubt würde? Nein, aber nach mehr, nach mehr ging seines Mannes Verlangen. Es war eine ganz neue Art zu denken und zu leben, eine Art, die Käthi fremd und unheimlich vorkam. Aber es hatte gelernt zu schweigen, hatte genugsam erfahren, wie vergeblich sein Fragen, seine Einwendungen waren. Oft wenn es aus der Küche oder vom Garten kam und auf dem

Strohdecheli vor der Stubentür die Schuhe abstrich, kam es ihm: «Grad es settigs Bodedecheli bin i, wo me d'Schue dran abputzt!» So ging es still und untendurch seinen Weg, der mitten im Getriebe doch abseits war, tat treu seine tägliche Pflicht, zog geduldig am Karren, aber freudlos, nur weil es eingespannt war und nicht entrinnen konnte.

Nur seine Kinder waren noch seine eigene Welt. Drei muntere Buben und zuletzt noch ein herziges Meiteli waren ihm mit der Zeit geschenkt worden. Die waren sein, niemand sonst nahm sich ihrer an, solang sie noch klein und nicht zur Arbeit zu gebrauchen waren, was freilich nicht allzu lange dauerte. Schon der siebenjährige Älteste wurde gehörig eingespannt, mußte die Kühe hüten, das Roß führen beim z'Acherfahren, Scheiter beigen ums Haus. Das war ja gut und recht, wenn nur nicht von den Großen auch schon die rohen Reden und das Fluchen auf ihn abgefärbt hätten. Käthi war eine gute Mutter, war lieb, aber bestimmt, hielt auf Gehorsam, wehrte bösen Gewohnheiten, die sich anbahnen wollten, erzählte den Kindern beim Zubettgehen schöne, meist biblische Geschichten. Dabei kam es vor, daß die Kinder Fragen stellten, auf die es nicht gleich Antwort zu geben wußte. Es mußte zur alten Hausbibel greifen, die seit Drättis Tod gute Ruhe gehabt hatte im Gänterli, mußte nachschlagen, nachlesen. Aber so beim Durchblättern und Suchen fiel ihm da und dort ein von der Schule her bekannter, aber damals kaum recht verstandener und bald wieder vergessener Spruch ins Auge, und siehe, heute begann er ihns mit einem ganz andern Gesicht anzublicken und verständlich und herzlich zu ihm zu sprechen. Es lehrte die Kinder Gebetlein, betete mit, wurde selbst immer dringlicher ins

Gebet getrieben unter all dem Druck, der sich auf sein Gemüt gelagert hatte. Trostbedürftig wie es war, wurden ihm die Psalmen, an denen schon Drätti so wohl gelebt hatte, besonders kostbar; es kam ihm vor, die alten Sänger hätten sie prezis für ihns aufgeschrieben, hätten gewußt um seine Lage, seine Not. Aus dem Herzen gesprochen waren sie ihm; mit ihren Worten schüttete es sein volles Herz aus vor dem himmlischen Vater, und es wurde ihm dabei, als ob die reine Luft aus einer höheren Welt lindernd und tröstend ihns umwehte.

Eines Abends ertappte Christen seine Frau ob dem Bibellesen. Höhnisch lachte er auf: «So, so, e Bättschweschter woscht du wärde! Das glychet dr. Ja, grad eso wie ne Nunne däne im Äntlibuech machscht du nes Gsicht! Das fählti grad no, e Bättschweschter, anstatt wärche, wärche!» Wie ein Donnerschlag aus blauem Himmel fiel das rauhe Wort Käthi in die Ohren und ins Herz. Aber es ließ sich nicht abbringen von dem, was seiner Seele Halt und Kraft gab.

So gingen die Tage, die Wochen vorbei. Winter war's innen, kalter byssiger Winter, wenn auch draußen die sommerliche Sonne schien. Aber jetzt war's auch draußen Winter, tief eingeschneit war der Kohlgraben. Das war die für Christen längst erwünschte Zeit zum Fällen des Holzes. Tag für Tag war er mit dem Knecht droben im Wald. Nur einmal, bald nach Neujahr, hatte er dieses sein wichtigstes Werk unterbrochen, um in Langnau Verrichtungen zu machen. Am Abend ziemlich spät kam er nach Hause, wo seine Frau noch auf ihn wartete und ihm das Nachtessen bereit stellte. Er war recht aufgeräumt; der Wein, den er sich gegönnt, hatte seine Zunge bemerklich gelöst, und er berichtete wohlgelaunt, was er heute besorgt habe. Eine schöne Summe habe er wieder auf die Kasse gelegt, und damit habe der Ertrag aus dem Holz nun schon zwanzigtausend Franken erreicht, und er hoffe, die Summe mindestens noch verdoppeln zu können. Ganz erstaunt war er, daß seine Frau nicht einen Freudensprung tat, daß ihre Augen nicht einmal aufleuchteten über dem für sie unerwarteten Zuwachs des Vermögens. Käthi saß wirklich ganz nachdenklich da. Und jetzt wagte es bei dieser guten Gelegenheit einmal ein Wort. Es müsse sagen, es daure ihns, daß der Wald däwäg abgholzet werde. Was dann noch übrig bleibe für die Jungen, wenn sie einmal wirtschaften müssen. Er solle es doch nicht übertreiben mit dem Holzen. Es düeche ihns, seinen Wert hätte das Holz immer noch behalten und wäre im Wald vielleicht sicherer gewesen als auf der Bank. – Bei dieser Einwendung gegen seine unfehlbaren Absichten und Pläne war Christens gute Stimmung ins Wanken geraten. «Was wettisch du verstah, du Ching, du eifältige Tropf!» rief er, «me gseht ja dem Wald no chuum öppis a, daß me das drus gnoh het. U de, ds Holz wachst nahe, muescht wüsse, gleitiger als üsi Buebe. Und übrigens, meinscht du, die müeße de gäng uf däm Heimetli hocke!» Und jetzt eröffnete er seinen großzügigen Plan, den er Tag und Nacht mit sich herumgetragen hatte: Die Kohlmatt veräußern, ein großes Gut kaufen drunten im Land, das Arbeit und Auskommen für alle drei Buben gewährt. «So ietz weischt», schloß er die Rede, «zu was das viele Gäld, wo di so z'erchlüpfe macht, hälfe söll.» – Käthi wurde es angst und bang bei dieser Eröffnung. Fort aus der Heimat, aus dem vertrauten Haus, in dem seine Eltern und Voreltern seit Jahrhunderten gewohnt hatten, von dem Heimet, dem es auch seiner Hände Arbeit gewidmet hatte, fort aus dem stillen, waldigen Kohlgraben, fort in die Fremde! Schon jetzt, nur im Gedanken an die Möglichkeit, krampfte sich sein Herz zusammen in herbem Heimweh. Das helle Augenwasser rann ihm über die Wangen, und es konnte sich nicht enthalten zu jammern, das werde es nicht aushalten, das werde sein Tod sein. Jetzt war es mit Christens guter Laune völlig vorbei. «Bischt und blibscht es Ching, es Babi bischt, und 's ischt dr nid z'hälfe. Nüt weder e Schleipftrog han i a dir für mini Plän und ds Glück vo dr Familie. Jänu, was het me si eme derige dumme Wyb z'achte! Was i im Gring ha, das mueß düre. Ke Gott u ke Tüfel söll mer das verwehre, gschwyge de nes eifältigs Wybervölchli!»

Käthi tat kein Auge zu selbe Nacht. Ja, das wußte es zur Genüge: Was der im Gring hatte, das mußte durchgesetzt sein, gäb was drvor. Und es, es durfte nicht Gack dazu sagen, sah sich schon fern von der Heimat elend dahinserblen und sterben.

Am Morgen sobald es tagete, stapften Christen und der Knecht dem Walde zu. Heute galt es, trotz der frisch gefallenen Schneemassen, die größte Tanne zu fällen, die Tanne, die Hansuelis besonderer Stolz war. Den ganzen Vormittag war es Käthi schwül ums Herz; ein schwerer Druck lastete auf seinem Gemüt. «Es düecht mi gäng, es gäb Neuis!» sagte es zu den größeren Kindern, die nun auch eine besorgte Miene machten. Es hielt ihns nicht mehr in der Stube, es trat hinters Haus, wo man den stolzen Gipfel des mächtigen Baumes über die übrigen frisch geweißten Wipfel hinausragen sah. Lange stand es da, und auch die Tannenspitze reckte sich immer noch in die Höhe. Der Baum hatte sich offenbar nicht so leicht ergeben. Aber jetzt, jetzt bewegte sich die Spitze, neigte sich langsam, verschwand hinter der dichten Wand der übrigen Bäume. Die große Tanne war gefallen. Kein Laut von dem gewaltigen Sturz war an Käthis Ohr gedrungen, zu groß war die Entfernung, und der Schnee dämpfte den Schall. Aber war's ihm nicht, als vernehme es einen furchtbaren Todesschrei? Mit beklommener Brust ging es in die Stube; aber immer wieder mußte es Ausschau halten nach dem Wald.

Und wahrhaftig, nach einer schwachen halben Stunde trat ein Mann aus dem Wald heraus auf die Weide. Nur einer war's, der Knecht, aber mit dem Schlitten, darauf lag etwas Dunkles, das waren keine Chrisäste. Ein Unglück! Das Herz wollte ihm stille stehen. Und dennoch, es mußte dem Schlitten entgegen durch den Schnee. Mit dem Aufschrei «Min Gott, was hets gäh?» – erreichte es den Knecht. «Der Christen, der Meischter!» – mehr brachte der Knecht nicht heraus. Zitternd am ganzen Leibe schlug Käthi den alten Militärkaput zurück, mit dem ihr Mann zugedeckt war. Da lag er, mit gebrochenen Augen, angstvoll verzerrten Zügen, noch warm anzufühlen, aber ohne Atem, ohne Puls – tot!

Es ging lange, bis der Knecht, vom Schrecken gelähmt, berichten konnte, wie es geschah, und viel Zeit brauchte er, um das zu sagen, was in ein paar Sekunden vor sich ging und mit wenig Worten wiedergegeben werden kann. Der stürzende Riese hatte auch seinen Eigenwillen, überschüttete bei seinem Erzittern die zwei Männer mit einer Last Schnee, daß ihnen Hören und Sehen verging, nahm bei seinem Fall eine andere Richtung an als die ihm zugemutete, schlug eine junge Tanne, die von der ungewöhnlichen Schneelast niedergedrückt und halb entwurzelt, schon schief stand, mit sich zu Boden. Und da geschah es, daß der Meister auf seinem Rückzug vor dem sinkenden Riesen gerade unter die von diesem niedergeschmetterte Tanne geriet, die ihn mit ungeheurer Wucht ins Genick traf.

Erschüttert saß Käthi bei der Leiche seines Mannes, um so tiefer erschüttert, weil nach dem Auftritt von gestern Abend kein liebes Wort der Abbitte und der Versöhnung gesprochen worden war.

*Die Flöte verrät einen Einsiedler
und führt zu Überraschungen*

Käthi war von dem urplötzlich erfolgten Schlag so betäubt, daß es die Liebesdienste, die einem Toten gebühren, fast nur wie träumend ausrichtete. Aber sie waren ihm ja nicht unbekannt, diese Dienste, es hatte Übung darin; die zwei wohlgepflegten Grabhügel seiner Eltern auf dem Kirchhof zeugten davon. Und nun hatte sich auch Christens, seines Mannes, Grab geschlossen. Allein war es übrig geblieben vom alten Familienkreis. Und doch war es nicht allein, ein neuer Kreis, gebildet durch seine Kinder, umgab es. Sie fühlten die neue große Lücke kaum; die Mutter war ihnen alles gewesen, und die hatten sie ja noch. Und für die Mutter war's auch gut, sie um sich zu haben. Mit ihrem lebendigen Dasein, ihren verschiedenen Arten und Unarten, ihrer Anhänglichkeit und Liebebedürftigkeit stellten sie nach wie vor ihre Ansprüche an sie und bildeten dadurch, ihnen selbst unbewußt und auch der Mutter kaum bewußt, eine Bewahrung vor dem Zurücksinken in das, was unwiederbringlich vergangen war, und vor dem Versinken in die damit verknüpften schmerzlichen Gefühle. Dazu kam nun die unabweisbare, für es ganz neue Forderung, den ganzen Betrieb leiten zu müssen. Der Knecht und die Magd waren nun an sie, die Frau, die Meisterin, gewiesen; sie mußte leiten, verfügen, befehlen. Sie waren ja, wenn auch etwas grobgeschnitzte, doch keine untanen Leute, hatten im Grunde das Käthi gern, hatten seine Wohlmeinenheit immer herausgespürt, und die Wärme, die von seinem Wesen ausging, hatte ihnen wohlgetan in der sonst so frostigen Atmosphäre. Käthi erntete jetzt was es gesät. Sie fügten sich willig in seine Anordnungen, waren allerdings zuerst ganz überrascht von seiner Einsicht, seinem praktischen, fachkundigen Blick; denn was hatte es vordem zur Sache zu sagen gehabt!

In der Tat waren in Frau Käthis Wesen ganz neue, ungeahnte Eigenschaften erwacht. Nicht etwa, daß es in die Art seiner Mutter verfallen wäre; es war und blieb die Tochter seines Vaters, des freundlichen Hansueli, dem es bei all seiner Gutmütigkeit doch auch nicht an echt bäurischer Klugheit und praktischer Tüchtigkeit fehlte, wenn auch sein Licht vielfach unter den Scheffel gestellt worden war. Das Bewußtsein, unbestrittene Eigentümerin, Bäuerin und Meisterin zu sein, verlieh Käthi ein ganz anderes Auftreten; das eingeschüchterte, bedrückte Wesen machte einer frohen, angriffigen Tatkraft Platz, wie sie sich in ihren Ansätzen nur zu Drättis und Peters Zeiten gezeigt hatte, dann aber unter dem steten Druck verkümmert war. Es wußte sich verantwortlich für das Ganze, verantwortlich vor seinen Kindern, seinen Dienstboten und über allen vor Gott, und dieses Gefühl der Verantwortlichkeit schärfte sein Auge für alles, was in und außer dem Hause vorging oder vorgehen sollte, und stärkte ihm den Rückgrat. Manchmal wunderte es sich selber darüber, daß ihm immer zur rechten Zeit in den Sinn kam, was gerade getan werden mußte. Es sah das Wort bestätigt, womit der Lehrer einst seinen Vater ermuntert hatte, als dieser aus Bescheidenheit zögerte, ein Gemeindeamt anzunehmen, das Wort: «Wem Gott ein Amt gibt, dem gibt er auch Verstand!» Ein Amt hatte es zwar nicht, aber doch eine Aufgabe, schier zu groß für eine Frau und Mutter, aber daß Gott es durch handgreifliche Fügung an diese Aufgabe gestellt, verlieh ihm Zuversicht und Vertrauen auf seinen Beistand. Dabei war es nicht zu stolz, einen Beirat anzunehmen, der ihm auf seinen Wunsch in der Person seines Schwiegervaters, eines zwar etwas rauhen, aber durchaus rechtdenkenden und immer noch rüstigen Mannes, gewährt wurde. Bei Angelegenheiten, in denen es sich weniger auskannte, die z. B. das Vieh, den Wald, das geschlagene Holz, Kauf und Verkauf betrafen, wurde er ihm ein kluger Ratgeber. Wohl munkelte anfangs der und jener Nachbar, das werde nun heiter zugehen auf der Kohlmatt, da müsse man lugen, daß das schöne Vermögen nicht die Schwindsucht bekomme, sondern den Kindern unvermindert erhalten bleibe. Aber sie konnten sich bald überzeugen, daß es gut ging, über alles Erwarten gut. Man hätte nicht geglaubt, daß aus dem wenig beachteten Fraueli ein so kuraschiertes Wybervolch würde. «Ja, die het si bchymet!» sagten sie.

Auch in seinem Äußern ging bei Käthi ganz sachte, aber doch sichtbar eine Veränderung vor. Die allzufrüh eingetretene schon etwas gebeugte Haltung verlor sich; aufrecht und frei schritt es einher: die Sorgenfalten auf seinem Gesicht, die es viel älter erscheinen ließen als seine Jahre es eigentlich erlaubt hätten, glätteten sich, und bei all der angewachsenen Arbeit nahm es zu am

Körper, wurde eine muntere, ansehnliche und anmutige Frau. Von innen heraus, aus der befreiten, gesundeten Seele, strömten neue Lebenskräfte auch in den Leib.

Es wäre recht verwunderlich, wenn nicht in dem und jenem Bauernsohn, besonders wenn er nicht Aussicht hatte auf das väterliche Gut, der Gedanke aufgestiegen wäre, mit dem Kohlmattkäthi zusammenzuspannen wäre keine leide Sach. Zu brieflichen Anbiederungen kam es zwar nicht; Bauernburschen, zumal im Emmental, sind nicht so schreibselig. Und zum Tanz ging es nie von seinen Kindern weg. Aber es gab sich etwa auf dem Heimweg von der Kirche oder vom Markt, daß einer sich zu ihm gesellte auf dem einsamen Weg in den Graben und sachte seine Fühlhörner ausstreckte. Ja, es sei doch jetzt recht einsam, und es sei etwas Grüsligs für ihns, alles so allein durchzuschleipfen; ja, ob es nicht lieber einen bleibenden Beistand haben möchte. Einer, ein schon etwas älterer Knabe, kam noch deutlicher: O, er begreife wohl, daß es den Mut verloren habe, wieder zu heiraten; aber bhüetis, es müsse nicht meinen, es seien alle so wie der Chrigel, – eh, – wollte sagen, der Christen. Es gebe doch auch freine, gäbige Männer. Emel was ihn betreffe, er habe es schon manchmal gesagt, bei ihm müßte es eine Frau gut haben, mit dem Wärche dürfte sie sich nicht übertun, d'Händ wollte er ihr unter d'Füeß lege. Doch ob die Melodie geharfet oder gepfiffen war, Käthi hörte nicht auf diesem Ohr, stimmte nicht ein, sang nicht dazu den zweiten Vers. Mit überlegenem Lächeln gab es etwa zur Antwort, es sei ganz wohl so, begehre sich nicht zu verändern. Einen Schlabi möchte es erst recht nicht, und übrigens geige man oft genug nach der Hochzeit in ganz anderer Tonart als vorher. Es habe keinen andern Wunsch, als daß Gott es seinen Kindern erhalten möge, wenigstens bis sie erwachsen seien. – «Bi dere chunnt me nid zueche», hieß es bald, «es ischt nüt z'mache, e ganz Unnahbari ischt si.»

Ob Käthis letztes Wort freilich ganz mit seinem tiefsten Herzensgrund übereinstimmte, ist noch der Untersuchung wert. Wer es gesehen hätte am späten Feierabend still und einsam auf dem Bänklein sitzen und in die Dämmerung hinausschauen, in den gegenüberliegenden schwarzen Tannenwald, oder dann wieder durch den engen Graben hinaus über die Berge, wo die weite unbekannte Welt ist, der hätte in seinem Gesicht etwas lesen können, was nicht nach restloser Zufriedenheit, vollem Glück aussah, eher nach Wehmut, Heimweh oder ähnlichen schier unbestimmbaren Gefühlen. Und wer erst noch einen Blick hätte tun können ins innerste Seelenkämmerlein, der hätte gesehen, wie liebe Bilder aus weit zurückliegender Vergangenheit darin aufstiegen und in frischen Farben aufblühten. Wie schön war es doch damals, an der Seite eines geliebten Menschen zu schaffen, zu plaudern, wie herzlich gut hatten sie sich verstanden! Wohl und weh ward ihm in der Erinnerung an jene Zeit der ersten Liebe. Aber dann hatte sich das Ungewitter über dem Kohlgraben entladen, die Erdlaui war niedergegangen vom stotzigen Bort, hatte das junge, hoffnungsfrohe Pflänzlein stubenhoch zugedeckt mit Grien und groben Kieseln. In Finsternis gehüllt, geknickt, zerdrückt, war es vor keines Menschen Auge mehr sichtbar. Aber wie auch die Blätter und Knospen zermalmt, vernichtet wurden, das Würzelein blieb am Leben, und jetzt, da aller Schutt weggeräumt, das fruchtbare Erdreich wieder freigelegt war, jetzt begann es sich zu regen, sich zu recken der lang entbehrten

Sonne zu. Denn tief und treu, zäh und beständig ist das Gemüt der echten Emmentalerin, behält im innersten Herzen wohlverwahrt, was sich einmal dort eingesenkt, weich und warm sich gebettet hat. Und ob auch ganze Fuder Grien drauf geschüttet wurden, es läßt sich nicht ersticken und erdrücken, wenn's ein lebendiges Samenkorn war. Nach Jahren noch beweist es seine Lebenskraft.

Aber wo war sie, Käthis Sonne, in deren Strahlen es sich wohlig gefühlt? War sie ihm am Ende in der langen, langen Nacht für immer untergegangen? Beschien sie eine andere Gegend, andere Blumen, spiegelte sich in eines andern Menschen Auge? Oder war sie verdüstert, erkaltet in sich selbst und erwärmte niemandes Herz? Nein, das konnte es sich nicht denken. Aber warum hatte er nie geschrieben, nie ein Lebenszeichen von sich gegeben? Ach er hatte wohl vernommen, der Wind hatte es ihm zugetragen, daß es einem andern sich ergeben, hatte es als Untreue, als Zeichen völligen Vergessens ausgelegt. Ja, hatte er anders gekonnt, als es so zu deuten? O wenn er wüßte von dem Plätzchen in seinem Herzen, das ihm trotz allem und durch alles hindurch gesichert geblieben ist! Wenn es ihm sagen könnte, wie es war und zuging, und wie es jetzt ist! Wenn es sein volles Herz vor ihm leeren könnte! Aber Berge und Täler, ja vielleicht Meere und ganze Erdteile liegen zwischen ihnen.

Mit solchen Gedanken und Gefühlen füllte sich Käthis Seele in den stillen Augenblicken, die ihm vergönnt waren mitten aus dem Betrieb heraus. Es kam sich vor wie das Gefäß unter der Brunnenröhre, das längst bis obenaus gefüllt war von dem frischen Wasserstrahl und überfloß. Es war für das gute Käthi nur gut, daß es angespannt war, daß es sich nicht hingeben konnte dem Sinnen zurück in die Vergangenheit und vorwärts in die Zukunft, daß die Gegenwart sein Sein und Denken in Anspruch nahm. Aber kaum daß der gerüttelte und geschüttelte Kompaß einen Moment zur Ruhe kam, suchte die Magnetnadel wieder ihren Pol, ruhte nicht, bis sie ihn gefunden hatte, und wich nicht von ihm. Wie ruhig, sicher und selbständig Käthi nach außen schien, im Innern schrie doch eine Stimme nach Anlehnung. Und wo das Herz hinwill, da muß der Kopf als sein gehorsamer Diener den Weg bereiten, muß Gründe suchen, das in der Luft hangende Gebäude zu untermauern. Und solche Gründe lagen ja so nahe. Bedurfte es, das vereinsamte junge Weib, nicht doch eines ständigen Ratgebers, ja eines vertrauten Freundes! Und die Buben, sie wuchsen heran, waren schon in dem Alter, wo sich ihr Wesen, ihr Charakter auszuprägen begann. War es stark genug, sie im Zaum zu halten, das Gestrüpp von wildem Holz, das sich reichlich zeigte, zu entfernen, was krumm wachsen wollte, festzubinden an einen starken Stab? War es fest genug, um ihnen ein solcher Stab zu sein? Wahrlich, an Anlaß zu solchen Erwägungen fehlte es nicht, und sie riefen wieder der stillen Sehnsucht. Und doch – Käthi war klug geworden –: Lieber keinen Stab, als einen krummen, knorrigen, dornigen, oder einen, dem man wie einer schwachen Weidenrute selber noch Halt und Richtung geben müßte. Nein, nicht noch einen Buben zu seinen dreien hinzu, ein Mann müßte es sein, und tausendmal lieber keinen als nicht den rechten. Und kam er nicht, dieser eine, der rechte, und war er nicht zu finden, nun denn, in Gottes Namen, so werde ich den Kampf meines künftigen Lebens allein durchkämpfen. Schwer wäre es, aber nicht das Schwerste. Es gibt einen Gott, der sich der Witwen und Waisen annimmt. So kämpften Sehnsucht und Ergebung in Käthis Seele miteinander, wobei bald das eine, bald das andere die Oberhand gewann.

Zweimal schon war es Frühling geworden im Kohlgraben seit jenem unvergeßlichen Tag, der die große Veränderung gebracht hatte in Käthis Leben. Es war zwischen Heuet und Ernte, einer verhältnismäßig ruhigen Zeit im Bauernbetrieb. Am Nachmittag des ersten Sonntags im Heumonat, einem hellen, heißen Tag, saß Käthi an seinem Lieblingsplätzchen vor dem Haus, wo das weitausladende Dach Schatten spendete und der plätschernde Brunnen erfrischende Kühle verbreitete. Junge Leute gingen unten am Wege dahin, lustig schäkernd, denn heute war ja Tanzsonntag. Wer hätte es Käthi verdenken wollen, wenn es ihns auch gejuckt hätte, mitzugehen, gab es doch ältere als es mit seinen erst zweiunddreißig Jahren, die nicht widerstehen konnten dem verlockenden Ton der Geigen. Doch Käthi brauchte nicht einmal zu widerstehen, es berührte ihns nicht. Ihm war ja immer am wohlsten daheim, und heute besonders, so müde wie es war von dem großen Werch der letzten Wochen. Und da war ja das kleine dreijährige Änneli, der Mutter Ebenbild und Liebling, das sich mit der geschnitzten Puppe und den hölzernen Schäflein und Rößlein plaudernd unterhielt und ab und zu auch seine Fragen an die Mutter stellte. «Du, Mueti» – die Kinder sagten Mueti im Unterschied zum Müeti, das die Größeren noch gekannt hatten – «Du Mueti, wär het die schöne Schäfli gmacht und das Rößli?» – «Dr Peekli, mis Liebe, dr Peekli.» – «Wo ischt dr Peekli?» wollte es wissen. – «Das chan i dr nid säge, weiß nid.» – «O das ischt e liebe Peekli gsy, gäll!» meinte das Kind und streichelte das weiße Lämmlein. – «Ja, ja, das ischt e Liebe gsy», antwortete die Mutter und fuhr, um die Kleine abzulenken, fort: «U dänk, mit dene Tierli het scho dis Mueti albe gfätterlet, wos no es chlis Meiteli ischt gsy, so wie du ietz.» Es wunderte das Kind, daß sein großes Mueti auch einmal so klein gewesen sein sollte, und es hatte noch allerlei zu frägeln und zu plaudern, während im Herzen der Mutter schon wieder besondere Saiten leise zu klingen begannen.

Gegen Abend kamen die Buben heim, die einen Streifzug durch die hintern Wälder gemacht hatten. Fast atemlos kamen sie gerannt, wollten reden, alle drei miteinander, und keiner brachte vor Aufregung etwas Rechtes heraus. Nur so viel war dem Durcheinander zu entnehmen, daß sie etwas Merkwürdiges, Niedagewesenes gesehen haben mußten. Aber lange ging es, bis sie wußte, was es war. Von einem Zwergehüsli, Eisidlerhüsli, Kreuz, Gertel, Flöte, Waldbödeli, war die Rede. Erst ein paar von der Mutter mit Lachen gestellte Fragen brachten einigen Zusammenhang in die verworrene Sache. Die Buben hatten ihre Entdeckungsfahrt bis zuhinterst in den Talkessel ausgedehnt, angeführt von zwei Nachbarsknaben, waren auf der Schattseite des Grabens in dem stotzigen Wald auf ein kleines Bödeli gelangt, wo ganze Haufen Tannäste und eine Beige Wedele lagen. Und dann – daneben stand wirklich ein winziges Häuschen, – «ja, nid größer als dis Bett, Mueti!» rief der Kleinste dazwischen, – aus kleinen Stämmchen, dazwischen Geflecht aus Ästen, die Zwischenräume mit grünem Moos verstopft, ein Dach aus großen roten Rindenrümpfen. «Fascht wie-n-es Häxehüsli», meinte der Ruedi, der mittlere, der schon zur Schule ging. – «Nei, nei, ds Hüsli vome Eisidler isch es», belehrte

Hansueli, der Älteste. «E Tür hets, grad eso gflochte, wie der Bode vome Widlichorb, aber si ischt zue gsy u vermacht; aber mir hei zum Pfäisterli y gugget.» – «Es ischt ja gar kes Pfäister, es ischt numen es Loch», warf wieder der kleine Kläusli dazwischen. «Henu, me cha doch iche und use luege. U was hei mer gseh? Es Bett...» – «Nei e Schrage», verbesserte Ruedi seinen Bruder wieder, der ihn nun mit einem Ellbogenstoß zum Schweigen mahnte. «Ja, es schmals Bettli, grad so läng wie ds ganze Hüsli ischt, u drnäbe es Bänkli und druff es großes Buech»... «Ja, grad so groß, wie dem Mueti si Bible!» rief der Kleine. – «U drnäbe e längi, längi Flöte. –» «Ja, u obe a der Wand im Egge es Chrüz, dänk das vom Heiland», beendigte der Kleine und zeigte mit den Händen, wie breit und wie lang. «Us Holz natürlich», ergänzte Hansueli. «Gäll, Mueti, das mueß en Eisidler sy!» – «Jä, und dr Ma, heit dir dä nid gseh?» fragte die Mutter, der selber die Sache merkwürdig vorkam. «He nei, dä ischt furt gsy, nume si brune Mantel ischt imen Egge ghanget.» – «Aber heit dr nid no vome Gertel gredt, was wett de en Eisidler mit em Gertel afah?» – «He Holz hacke für z'choche», antwortete Ruedi. «Gäll du Hansueli, hescht no ds Halbe vergässe! Vorusse ischt no e Fürblatte us Steine, un es Chesseli hanget druber ame Stäcke, wo i zwo Aschtgable gleit ischt.» Noch dies und jenes ergänzten sie, nicht heraus kamen sie aus ihrer Verwunderung. «E, es wird öppen e Wedelemacher sy», suchte jetzt die Mutter zu erklären. Aber sie fand keinen Glauben.

Käthi machte sich nichts weiter aus der Sache. Es wird irgendein Wedelemacher sein. Und doch, die Flöte?

Es sollte bald noch Merkwürdigeres hören. Wieder saß es nach des Tages Müh und Lasten in der Dämmerstunde an seinem lieben Plätzchen. Es war ein heißer Tag gewesen, der Föhn regierte; es mußte doch noch ein wenig verkuhlen. Aber wie müde es sich auch fühlte in allen Gliedern, ganz sachte glitt sein Gedankenwägelein doch wieder in die Geleise, die sich durch fleißiges Befahren gebildet hatten, gebahnte Wege waren es. Aber blieben es vielleicht doch Wege ohne Ziel und Ende? So wollte es ihm vorkommen, und ein Druck lagerte sich auf sein Gemüt, der nicht nur vom Föhn herrührte. Plötzlich wurde es aufmerksam auf ungewohnte Töne, ganz leise klangen sie, aus weiter Ferne kamen sie, aus der gegenüberliegenden Seite des hintersten Waldwinkels schienen sie zu kommen. Flötentöne waren es, süße, weiche Flötentöne; freilich nur vereinzelt oder in ganz kurzer Reihe vermochten sie an sein Ohr zu dringen, je nachdem der Wind etwas stärker oder schwächer wehte. Es lauschte, war ganz Ohr, beachtete nicht mehr das Plätschern des Brunnens noch das Rauschen des Baches unten im Grund. Und jetzt vermochte es die Tonreihen in Zusammenhang zu bringen. Ein Lied war es, ein Lied, das ihm aus der Schule her bekannt war, mit einer frohen, tröstlichen Figuralmelodie. Und durch die wunderbaren Verbindungskräfte der Seele gesellten sich zu den Tönen auch die Worte: Befiehl du deine Wege...! Mühelos, von selber traten sie in sein Bewußtsein; Strophe reihte sich an Strophe mit all den herrlichen Versen voll getrosten Gottvertrauens. Und auch der Bibelspruch, nach dessen Worten die Versanfänge so leicht zu finden sind, wurde lebendig: Befiehl dem Herrn deine Wege und hoffe auf ihn; er wird's wohl machen! Eine Getrostheit und ein Friede ohnegleichen strömte ihm daraus entgegen. Wohl machen wird Er's, so oder so!

Aber woher, von wem kamen ihm diese Töne zu? Wie aus der Höhe, aus dem Himmel schienen sie zu stammen. War es Engelsmusik? Auf einmal kam ihm die Erinnerung an den schon halb vergessenen seltsamen Bericht seiner Buben, und es war ihm klar: Der Einsiedler, der Wedelemacher hinten auf dem Waldbödeli! Von einer Flöte hatten sie ja geredet. Und gerade diese sonst wenig bekannte Melodie! Wie, wenn der auch zu meinem Lehrer in die Schule gegangen wäre! Peter! Ach das war ja sein Lieblingslied auf der Flöte. Wie, wenn er's wäre? Er selber, den ich mir in weiter Ferne dachte!... Aber wie sollte er hieher kommen? Und wenn er's wäre, wie hätte er unter unserm Haus vorbeigehen können, ohne doch zu grüßen! Und dennoch, gerade so, so fein, so mit Herz und Seele, so hatte er gespielt.

Wenig konnte Käthi schlafen in dieser Nacht; denn wer wüßte nicht, daß Zweifel und Ungewißheit in lebenswichtigen Fragen die ärgsten Schlafräuber sind! Und wenn ihns doch die Müdigkeit übermannte, so war es nur ein leichter Schlummer, in dem ein Traum am andern hing. Als Kind sah es sich, auf dem Bänklein zwischen Drättin und Peter, lauschte beglückt dessen Flötenspiel. Aber dann kam das Müeti mit der alten Posaune, indem es diesem für das Kind immer etwas unheimlichen Instrument mit ungeheuer aufgeblasenen Backen fürchterlich unharmonische Töne entlockte. Es erwachte, schlief wieder ein, sah sich im Wald, beim Mieschhüttlein, guckte zum Fenster hinein; aber der Klausner trat heraus, kam auf es zu in seinem langen, braunen Mantel, hoch und hager, das halbe Gesicht mit einer Kapuze verdeckt; drohend kam er auf ihns zu, wollte es totschlagen mit dem großen Kruzifix, das er wie einen Hammer schwang; es wollte fliehen und war gebannt, wollte schreien und hatte keine Stimme und erwachte unmittelbar vor dem furchtbaren Schlag.

Am Morgen war sein Entschluß gefaßt. Es mußte herauskommen aus der Ungewißheit, mußte der Wirklichkeit und Wahrheit auf die Spur kommen, koste es was es wolle. Fand es nicht den, den es suchte, so konnte es zum Excüsi sagen, daß es den Fußweg auf den Kalbergrat eingeschlagen und sich verlaufen habe. Am Nachmittag machte es sich auf den Weg, nicht ohne ein Säcklein mit allerhand Eßbarem zu packen, – für alle Fälle, dachte es. Hinten herum führte der Weg, durch das weitläufige, waldige und von Gräben durchzogene Halbrund, das den Kohlgraben abschloß, dann auf der andern Seite eine Strecke wieder nach vorn und in die Höhe; es kannte das Waldbödeli noch von seiner Kinderzeit her. Jetzt war es da. Richtig, da stand das Mooshüttlein, gerade so, wie es die Buben beschrieben hatten, und davor ein Hackklotz mit dem eingeschlagenen Gertel, eine Feuerstelle und eine große Beige fertiger Wedele. Aber kein Mensch war um den Weg. Nicht ohne eine gewisse Scheu nahte es sich der winzigen Behausung, die ihm aber bei näherem Zusehen Bewunderung abnötigte über die geschickte und hübsche Bauart. Die Türe stand offen, es konnte sich nicht enthalten einzutreten. Da zur Rechten die Lagerstatt, ein Laubsack auf einem aus Zweigen geflochtenen Schragen, wie der Kleine gesagt hatte, saubere Leintücher, eine Wolldekke. Aber sogleich wurde sein Blick gefesselt durch das, was daneben auf dem Bänklein lag, ein Buch und darauf – die Flöte. Ja, es war Peters Flöte, die ihm Drätti geschenkt hatte; es kannte sie wohl an den beiden Messingklappen, von denen die eine neuer und heller war als die andere. Er ist's, es ist der Peter! Die Hand mußte es auf die wogende Brust, aufs pochende Herz legen. Es konnte nicht widerstehen, nahm die Flöte zur Hand, führte sie an den Mund, es hatte ihr ja seinerzeit auch einige Tonläufe zu entlocken vermocht. Aber jetzt, nein, er könnte es hören! Und das Buch, es war aufgeschlagen, fast in der Mitte, es war eine Bibel, in den Psalmen war er verblieben beim Lesen. Und sieh, da war eine Stelle fest unterstrichen. Es las: «Ja, ich habe meine Seele gesetzt und gestillt; meine Seele ist in mir wie ein entwöhntes Kind bei seiner Mutter!»... Ein Stich ging ihm durchs Herz. Spricht das nicht von völliger Ergebung und Entsagung? Kein Wunsch, kein Verlangen mehr in seinem Herzen? Es wendete einige Blätter; da und dort war ein Vers angestrichen. Auf einem blieb es wieder haften: «Wenn ich nur dich habe, so frage ich nichts nach Himmel und Erde!» Nur dich, das ging nicht auf einen Menschen, nicht etwa auf ihns, das ist zu Gott gesprochen oder zu Christus. Es schaute auf vom Buch, und erst jetzt sah es das schöne Holzkreuz oben an der Wand. War nicht Peters Hand immer besonders geschickt im Zeichnen, im Schnitzen? Hat er mir nicht schon als Knabe die Schäflein, das Rößlein gemacht und den charaktervollen Bäbikopf, an dem jetzt auch das kleine Änneli seine Freude hat?

Es wußte nicht, wie lange es in tiefem Sinnen versunken dasaß, als es plötzlich Schritte und ein schleppendes Geräusch vernahm. Schnell verließ es die Hütte, verbarg sich hinter derselben und lugte nur ein klein wenig neben der Ecke hervor dem Ankommenden entgegen. Er kam von der Höhe herab, einen Haufen Äste hinter sich schleppend. Wie groß er war, wie breit und kräftig er aussah! Jetzt sah es ihm ins Gesicht. Gebräunt, gesund, fast jugendlich kam er ihm vor, das Haar immer noch dunkelbraun, während, ach ja, das ihrige schon mit Silberfäden durchzogen war. Jetzt war er da, wischte sich den Schweiß von der Stirne. In diesem Augenblick trat es hervor, schritt auf ihn zu. Er schnellte zusammen, sah es mit großen, verwunderten Augen an, und Sekunden vergingen, bis er staunend sagte: «Du da, Frau – Kä-thi!» – «Ja, grüeß di, Peter!» sagte es, und auch seine Stimme zitterte. Sie gaben sich die Hand, schauten sich in die Augen, ein offener, unbefangener Blick war es von beiden Seiten, der nichts zu verbergen hatte.

«Chunnscht du zu mir, oder...» «Hescht di verlouffe? woscht säge, gäll? Nei, äxtra zu dir chumeni, we du dr Wäg nid fingscht zu mir!» Käthi sah sich um nach einer Sitzgelegenheit, wollte sich eben auf den Asthaufen niederlassen, um ihm anzudeuten, daß es keine Eile habe. «Nei, nei, nid dadruf, es chönnt Harz a dis Chleid cho!» wehrte Peter, sprang ins Hüttlein, holte seinen Wettermantel und breitete ihn auf die Äste, indem er sprach: «Für dä isch es nüt schad!» Es dankte, nahm Platz, und «gäng no dr glych lieb Peter», dachte es. Er selbst setzte sich auf den Holzklotz ihm gegenüber. «Ha leider kei andere Polschtersässel», entschuldigte er sich lächelnd. «Bi o nid gwahnet an e Polschtersitz», gab es zur Antwort.

Zögernd spann sich das Gespräch an. «Aber ietz mueß i doch vorallererscht frage», begann Peter: «Wär het dir gseit, daß...» «Daß du da sigischt, woscht säge. Ja, errat esmal! Eini het mers gseit, di Liebschti!»

Peter schaute es starr an: «I ha doch ke Liebschti!»

«E doch, Peter», sagte es lachend, «da inne ischt si, e hölzegi Liebschti isch es – di Flöte.»

«Ischs mügli, ha nid dänkt, daß die so lut redt, daß dus möchtisch ghöre.»

Es erzählte nun, was die Buben berichtet hätten und wie ihm dann gestern abend die Flötentöne ins Herz geklungen waren. «Aber ietz säg mer, wie chunnscht du i dä Chrache hingere?»

«En eifachi Sach», sagte Peter, und er berichtete, Wedele habe er gebracht nach Langnau zu einem Baumeister, sei mit ihm ins Gespräch gekommen, und er habe gesagt, er hätte ihm auch Arbeit, habe zuhinterst im Kohlgraben ein Alpheimet, die Tannenegg, gekauft des schönen Waldes wegen mit viel schlagreifem Holz, dort hätte er einen Haufen Abholz zu verarbeiten, und niemandem gäbe er's lieber als ihm, dem Peter. Und weil gerade in seinem Wohnort nicht viel Arbeit um den Weg war, die ihm gepaßt habe, so habe er's angenommen. Den ganzen Sommer hindurch habe er hier zu tun. Am Samstag abend und über den Sonntag gehe er immer heim zur Schwester.

«So mängischt bischt du scho da hingere u füre und nie, nie het me di z'gseh übercho!» sagte Käthi sichtlich betrübt.

Ja, er sei immer von der Station aus über die Bisenegg gegangen, es sei so ein schöner, lustiger Weg und eher noch kürzer als durchs Tal und durch den Graben.

«Peter, Peter, mach mis z'gloube! Säg lieber d'Wahrheit, we d'scho länger hescht dran! Gäll du hescht nid bir Chohlmatt verby welle, hescht nid welle alti, truuregi Erinnerige uffrüsche!»

«Henu, es het öppis, aber nume ds Halbe. Nid nume die truurige, o die schöne Erinnerige han i welle la schlafe.»

Wohl und weh tat Käthi dieses Bekenntnis, denn es

war ihm nicht zweifelhaft, was er unter den schönen Erinnerungen verstand. «Was die truurige ageit», fuhr es nach einem Weilchen des Schweigens fort, «i ha dr en Uftrag vo üsem Müeti uszrichte.»

Peter horchte auf, und es erzählte von Müetis letzten Jahren, wobei es nur schonend die traurigen Verhältnisse berührte, und dann von seinem Sterben und seinen letzten Worten, von denen eins ihm gegolten habe. Wenn es befürchtet hatte, damit eine alte Wunde aufzureißen oder doch zu berühren, so war es nun ganz überrascht, als es über Peters Angesicht statt einer finstern Wolke einen hellen Schein sich breiten sah. Und erst recht überrascht war es, als er ohne die geringste Spur von Kampf, ja ohne jedes Besinnen ganz fröhlich sprach: «O das ischt längschte vergäh und vergrabe, so gründlech vergäh wie mir Gott vergäh het.»

«Gott dir vergäh? I wüßt nid was, emel i der Sach nid, und o süscht, so ne brave Burscht wie du gäng gsy bischt.»

«Käthi», sagte er, «du weischt nid, was es mi gchoschtet het, wie's i mir inne gworget het, daß's mi fascht versprängt het, das vermeintlich himmelschreiende Urächt.» – Und er erzählte, von seiner Last, seinem Groll, seinem vergeblichen Kampf, seinem Zweifel an Gott und Menschen, seiner Verzweiflung. Und dann, wie er das Unservater gelernt habe, die fünfte Bitte im besonderen, und die Vergebung gefunden und Kraft zum Vergeben empfangen habe. «Und ietz», schloß er, «ietz han i dem Müeti nid nume vergäh, danke tuen i Gott und dem Müeti; es het so müeße gah. Wenn alls glatt gange wär, so wär i e Laueri blibe wohl mis Läbe lang. Dir hätt i nüt chönne sy, ke Stab, numene Widliruete, und ds Beschte i dr Wält, dr Gloube und dr Gottesfriede im Härz wär mer frönd blibe. Drum danken i Gott am meischte grad für die schwärschti Füerung.»

Mit Staunen hatte Käthi seinem Bericht zugehört. Fremd war ihm manches daran vorgekommen, und fast etwas wie Ehrfurcht stieg in ihm auf vor dem Mann, der vor ihm saß. War er ein Frommer geworden, ein Kopfhänger? Nein, ein Kopfhänger jedenfalls nicht. Hoch und grad trug er sein Haupt, heitere Ruhe lag in seinen Zügen, Glanz in seinen Augen. Er ist ein Mann geworden, ein reifer Mann! sagte es sich. Und doch nicht alles, was er sagte, war ihm fremd. Klang nicht auch ein leiser Widerhall in seinem eigenen Herzen? Hatte ihns nicht auch die Not, die Bedrängnis zu Gott getrieben, in die Zuflucht zum Vater im Himmel, zu seinem Wort und zum Gebet? Schüchtern, nach langem, stillem Sinnen, wagte es etwas davon zu sagen, etwas, worüber es noch nie mit einem Menschen geredet hatte. Und als es sah, wie Peters Auge bei seinen unbeholfenen, schwachen Worten verständnisvoll aufleuchtete, da wachte eine unnennbare Sehnsucht in ihm auf: Ein Mensch, zu dem man unbeschränktes Zutrauen haben könnte, der einem auch in den geheimsten und heiligsten Anliegen ein Berater und Helfer sein könnte, ein ganzer Mann, ein Führer.

Aber plötzlich erinnerte es sich an den Spruch, der ihm ins Auge gefallen war aus Peters Bibel, und eine Wolke überschattete sein Gemüt. Er ist ja glücklich, er bedarf nichts mehr! Der von ihm früher mit so süßem Ton gesprochene Name Kätheli war nicht über seine Lippen gekommen, noch sonst ein zärtliches Wort. Ein Graben schien sich vor ihm aufzutun, ihn von ihr zu trennen. Wo waren seine Erklärungen, seine Worte der Sehnsucht, der Liebe, die es sich so oft zurechtgedacht?

Es hätte seine ganze Emmentalerart verleugnen müssen, wenn es von sich aus einen Versuch gewagt hätte, den Graben zu überbrücken. Was sollte es sagen? Kein passendes Wort kam ihm in den Sinn.

«Du bischt müed und hungerig», sprach er in die Stille hinein. «Aber i darf dr fascht nid vorsetze, was i ha, – alts Brot und herte Chäs und d'Milch han i no nid greicht dobe uf dr Egg.»

«E, i ha dr ja öppis mitbrunge, hätts bald vergässe», sagte es erleichtert, kramte aus seinem Säcklein hervor einen Papiersack voll frisch gemahlenes Kaffeepulver, eine Flasche mit Milch, ein Bauernbrot, ja ein kleines Hammli. Und es ging zur Feuerstelle, fachte die Glut an, stellte Wasser über, während er ein Brett auf den Hackklotz legte, mit den Worten: «So, das wär mi bireboumige Usziehtisch!» Und dann saßen sie nebeneinander auf dem Asthaufen, ließen es sich schmecken, besonders er, der lachend sagte: «Ja, ja, e so ne fürschtlechi Tafelete han i scho lang nid meh gseh.» Der herrlich duftende Kaffee brachte die Rede wieder in Fluß, und Ernstes und Heiteres kam zur Sprache. Käthi wunderte sich, wie der erst noch so ernste Peter so fröhlich und gemütlich plaudern konnte; es erfuhr endlich, wo er nun daheim war, vernahm von seiner Schwester Bethli, von der er in überaus herzlichen Worten sprach, und vom Pfarrer, seinem Freund. Aber auch Kätheli berichtete von seinem Ergehen, wobei es merkte, daß Peter die eingreifenden Veränderungen in seinem Leben nicht unbekannt geblieben waren.

«Hescht nie Längiziti? So alleini, Wuchen us, Wuchen y im Wald?» – «Längiziti!» sagte er verwundert, «ke Ougeblick, i ha doch gäng öppis z'dänke.» – «He ja, so ne Art Philosoph bischt de nadisch gäng gsy», unterbrach es ihn. – «U de bini o nid ganz allei», fuhr er fort. «D'Vögel singe scho früech am Morge, u d'Eichhörndli füeren ihri Künscht uf, u dr Luft harpfet lys oder lut i de Tanne. O es ischt schön im Wald! – Wart, häb di en Ougeblick still!»

Er nahm einen Nußkern aus dem Schiletäschli, streckte die Hand aus, und sieh, im Nu, wie wenn es schon lang drauf gewartet hätte, kam ein Meislein geflogen, pickte ihm aus der Hand; ein anderes hatte sich schon auf seine Schulter gesetzt, um sogleich das erste abzulösen, während eine ganze Schar auf den nächsten Zweigen saß und zwitschernd glustete, und als sie sahen, daß die fremde Person nicht zu fürchten war, kamen zwei, drei miteinander auf den Tisch und lasen auch das kleinste Brösmelein auf.

«Wenn ich ein Vöglein wär!» dachte Käthi, aber laut sagte es: «Ja, die schyne di z'chenne.» Und nach einem tiefen Atemzug: «O es gluschteti eim mängisch, o chli z'flieh us dr Trätmühli usen i stille Wald. – Aber ietz mueß i hei, süscht etnachtets no, gäb i düre Wald bi.»

«I chumen es Bitzli mit dr», anerbot sich Peter.

«Ischs wahr, hescht drwyl? Nötig wär's eigetlich nid, aber es freut mi glych.» Beim Verlassen des Platzes sagte es: «I mueß dr no öppis bekenne. I ha di Palascht uskundschaftet, gäb du cho bischt. Gäll i bi ne Uverschamti. Aber bischt mer nid bös, gäll nid?»

Peter lachte. «Ja, da hescht nid viel Schöns gseh!»

«O wohl, 's ischt schön u fyrlech, fascht wie ire Chilche mit däm Chrüz. Aber grüsli es dünns Techeli hescht de nadisch uf däm Bettli. Wart, i schicke, – i bringe dir e dicki Wulltechi, – oder – chunnscht se-n-öppe cho reiche?» – «Es tuets, es tuets», wehrte Peter ab und dankte, «wes chuel ischt, so han i no mi Pellerine.»

Im Wald kamen sie an die Stelle, wo der schmale und abschüssige Weg dicht über den hohen Fluhabsätzen vorbeiführte. Peter trat den äußersten Rand, schob seinen rechten Arm unter ihren linken, gab seiner Begleiterin festen Halt. «Dank heigischt», sagte sie, indem sie ihren Blick in Peters Auge senkte, «i ha hüt fascht nid düre dörfe.»

«Ja, bischt es Tapfers», sagte er, den Blick aushaltend und ebenso warm erwidernd, «daß du's gewagt hescht, da übere z'cho.»

«O es het mi zoge, ha nid angers chönne. I ha di halt nie vergässe!»

«Meinscht öppe, i di?» antwortete er.

«Chunnscht nid o einischt ubere cho luege, ob d'Chohlmatt no am glychen Ort sig?» sagte es bittend.

Er schien in Verlegenheit zu kommen. Endlich sagte er: «He weischt, i mueß mi schicke u mi zur Arbeit ha, wenn i dä Summer soll fertig wärde, und übere Sundig gahn i äbe gäng hei, me erwartet mi. U de, es sy gäng Lüt umewäg bi euch.»

Käthelilächelte; es merkte wohl, daß dies nur die Schale der Wahrheit war; den Kern hatte er verschwiegen.

«'s ischt wahr, es ischt schön gsy bi dir im stille Wald!» sagte es nur.

«O ja, schön isch es gsy», erwiderte er sinnend, und sie gaben sich die Hand zum Abschied.

Wunderlich war's Käthi zu Mute beim Weiterschreiten. Hoffnung und Sorge, Zuversicht und Zweifel kämpften in seinem Herzen um die Oberhand. Es hatte einen andern Peter gefunden, als es sich geträumt hatte. Er war gewachsen, hatte sich gefestigt in den zwölf Jahren, inwendig und, so schien es ihm, auch auswendig.

Wie fest stand er, wie sicher hatte er es geleitet über die schwindlige Stelle! Hätte es jetzt nicht mehr an ihm, als wenn er noch der gleiche Peekli von dazumal geblieben wäre? Wie nötig hätte es ihn, wie könnte er ihm Stecken und Stab sein, wie könnte er es auf den rechten Weg leiten! Aber hatte er ihns nötig? Er ist glücklich, er bedarf meiner nicht, er hat entsagt! Und doch, er war so lieb, so besorgt! Doch eben – so wie ein Vater gegen sein Kind. Und zartfühlend war er, hat mit keiner Silbe, keiner Miene etwas von Verachtung spüren lassen, daß ich in die Ehe mit Christen eingewilligt habe. Ja, einen väterlichen Freund hätte ich jedenfalls an ihm, – solange er dableibt. Aber eben – nur das? Der Besuch hatte es nicht von seinen Zweifeln befreit, im Gegenteil sie verstärkt. – Da, als es sich dem Hause näherte, erklangen wieder die Flötentöne aus dem schräg gegenüberliegenden Wald: Befiehl du deine Wege . . .

Die Wege sind oft krumm und doch gerad

In Peters Seele hatte der Besuch tiefere Wirkungen hinterlassen, als es auf den ersten Blick den Anschein hatte. Es war nicht nur ein ins ruhige Wasser geworfener Stein, der zwar Wellenkreise erzeugt, die aber bald wieder verebben. Während die Oberfläche kaum bewegt schien, war der Grund des Sees seiner Seele aufs tiefste aufgewühlt, wie durch plötzlich aufgebrochene unterseeische Quellen und mancherlei Strömungen. In Wahrheit und aus Erfahrung hatte Peter das Lied singen können: «Wer nur den lieben Gott läßt walten und hoffet auf ihn alle Zeit, den wird er wunderbar erhalten in aller Not und Traurigkeit. Wer Gott, dem Allerhöchsten, traut, der hat auf keinen Sand gebaut.» Er war in seinem Verhältnis zu Gott und damit auch mit sich selber ins klare gekommen, hatte seines ehedem so stürmischen Herzens Wunsch zurückgestellt hinter der hohen Führung, die er nicht mehr aus der Menschen rauher Hand herleitete, sondern aus der väterlichen Hand des Allerhöchsten. Ja er hatte ihn begraben, wenigstens geglaubt begraben zu haben, und hatte alle Anlässe mit Fleiß vermieden, die ihn hätten auferwecken können; denn seine innere Ruhe zu bewahren, ging ihm über alles. Als ihm die Arbeit im Kohlgraben angetragen wurde, hatte er gezögert, sie anzunehmen; die Nähe der Kohlmatt war ihm verdächtig vorgekommen. Aber dann beschwichtigte er sein Bedenken. Der in Betracht fallende Wald war doch eine gute Stunde Weges von seiner ehemaligen Wohnstätte entfernt; der dort vorbeiführende Weg ließ sich leicht vermeiden, und er hatte alle Aussicht, unbemerkt zu bleiben. Dort in jener abgeschiedenen, verlassenen Waldecke versprach er sich eine stille Zeit der Besinnung, des ungestörten Nachdenkens, war doch sein Blick und Sinnen immer stark nach innen gerichtet. Und dann, was Käthi betraf, sagte er sich, daß es jetzt dem Schwersten enthoben sei und daß es als selbständige Bäuerin, die nun frei schalten und walten könne, nach all seinen Erlebnissen kaum noch ein Verlangen nach einem neuen Ehejoch hege.

Einen ganzen Monat lang war er nun da, ohne daß ihn seine Erwartung getäuscht hätte. Sein weltverlorenes Waldbödeli in dem hintersten Talkessel gab ihm nur den Blick frei nach oben; auch die Kohlmatt war nicht zu sehen und schien ihm so fern wie in seinem Wohnort. Daß er das Käthi auch hier wie daheim täglich in sein

Gebet einschloß, beunruhigte seine Wunschlosigkeit nicht. Auf jeden Fall wollte er sich hüten, ihm irgendwie in den Weg zu treten, es dadurch an Vergangenes zu erinnern und in seinem befriedigten Kreise zu stören. Als ein Unrecht wäre ihm das erschienen. Daß ein Ton seiner Flöte, auf der er immer seine Abendlieder spielte, Käthis Ohr erreichen könnte, ahnte er nicht.

Und jetzt hatte sie ihn doch verraten, die Flöte. Und Käthi hatte die Beschwerlichkeit auf sich genommen, war zu ihm gekommen. Vom ersten Blick an, den es in sein Auge senkte, hatte er gewußt, daß es durch alle Nebel und Wolken hindurch, die sich zwischen ihnen beiden gelagert hatten, die alte Treue, ja die alte Liebe zu ihm hindurch gerettet hatte, und das ganze trauliche Beisammensein war nur eine Bestärkung dieses ersten Eindruckes. Und unversehens und unwillkürlich war in seiner eigenen Seele der Quell aufgebrochen, den er versiegt glaubte; das Totgesagte, Totgeglaubte war zu neuem warmem Leben erwacht. Er aber hatte geglaubt, es verleugnen zu müssen, hatte sich bemüht, die sachliche, höchstens freundschaftliche Grenze in Wort und Gehaben nicht zu überschreiten. Ohne Zweifel, er hatte Käthi enttäuscht. Tiefes Weh durchzuckte sein Herz.

Aber durfte er Käthi wirklich entgegenkommen? Durfte er in ihm Hoffnung erwecken? Dem ersten Schritt mußte der zweite folgen, das bindende Wort. Sollte er sein beschauliches Leben aufgeben, seine geliebte stille Klause verlassen, vertauschen mit dem lauten, anspruchsvollen Betrieb eines Bauerngewerbes? Durfte er auch seine liebe Schwester verlassen, mit der er in so herzlichem Einvernehmen lebte, sie einsam zurücklassen, die ihm so viel Gutes erwiesen nach Leib und Seele? Und das gute Käthi, würde es sich nicht täuschen in ihm, der nun ein anderer geworden war, als wie er in seiner Erinnerung stand? Gab es sich auch Rechenschaft darüber, wer es ist und was ich bin, es die wohlhabende Bäuerin, ich der arme Wedelemacher, und wie es das verantworten wollte seinen Verwandten, dem ganzen bäuerischen Standesbewußtsein gegenüber? Stellte es sich das alles auch vor? Und die wichtigste Frage für mich: Ist das Führung, hohe göttliche Leitung, oder ist es Versuchung, eine Versuchung, die aus meinem eigenen Herzen aufsteigt? Ach, wer kann das Herz ergründen, wer kann seinen Regungen trauen?

Als Peter am Samstagabend seine Schwester begrüßte, sah sie sogleich, daß er nicht wie sonst im Blei war. War's eine heranschleichende leibliche Krankheit, oder war es ein innerer Konflikt? Als er auf ihre teilnehmende Frage: «Fählt dir öppis?» nur antwortete: «Nid appartig!» da war es ihr gewiß, daß ihn innerlich etwas umtrieb. Gern hätte sie um die Ursache gewußt, war sie doch auch eine Frau. Aber das hatte sie vor vielen ihres Geschlechts voraus, sie konnte schweigen, wenn er nicht reden wollte, drang nicht in ihn, beobachtete ihn nur mit teilnehmender Sorge. Er war sonst so offen gegen sie, zog sie in allem ins Vertrauen. Schließlich schrieb sie sein ungewohntes Benehmen der Einsamkeit zu, in der er nun schon Woche ein, Woche aus gelebt hatte. «Es tut ihm nicht gut, das Einsiedlerleben», dachte sie. «Hier kommt er doch jeden Abend heim, hat auch sonst Umgang mit den Leuten. Wie soll das noch werden, wenn er den ganzen langen Sommer dort bleibt in der Weltabgeschiedenheit? Sollten am Ende, so nahe dem Ort seines traurigsten Erlebnisses, alte, böse Erinnerungen mitsamt dem längst vergrabenen Groll wieder in ihm aufgewacht sein?»

Es hatte Peter einige Überwindung gekostet, der treuen Schwester sein Erlebnis vorzuenthalten. Aber er spürte, daß er seinen Kampf allein ausfechten, mit sich selber ganz allein ins klare kommen müsse. Sein Dafür und Dawider waren so persönlicher und delikater Art, daß auch der liebste Mensch sich kaum in seine Gedanken und Gefühle hineinzuversetzen vermochte. So trug er seinen innern Zwiespalt in den Waldwinkel zurück.

Aber schon am Montag wurde er jählings aus seinem Gedankenlabyrinth herausgerissen. Er bekam Besuch; sein alter Freund, der Lehrer, fand den Weg zu ihm. Er war seinem abgelegenen Wirkungskreis treu geblieben; die Gesamtschule war infolge allzugroßer Kinderzahl geteilt worden, und in der jungen Kollegin hatte er bald seine Lebensgefährtin gefunden. Peter war ihm all die Jahre wohl aus den Augen gekommen, aber nicht aus dem Sinn. Gestern nun auf dem Kirchweg hatte es sich gefügt, daß er mit Käthi zusammentraf; von ihm vernahm er zu seinem Staunen, daß der halbverschollene Peter als Wedelemacher da hinten hause. Mehr als der Wortlaut seines Berichtes verriet ihm, dem Feinfühligen, Seelenkundigen, der Unterton in Käthis Stimme, wie es um die Herzensregungen der jungen Frau stand, deren Ergehen er immer mit tiefer Teilnahme begleitet hatte. Bei aller Achtung, ja Bewunderung für den alten Freund, die aus Käthis Worten sprach, blieb ihm doch ein leiser Ton der Wehmut nicht verborgen. Wo lag der Grund? Er mußte gehen und sehen. Und jetzt war er da.

Sie hatten sich viel zu erzählen, die alten Freunde. Und wo etwas nicht von selber herauskommen wollte, da erwies sich der Schulmeister als ein Altmeister im Fragen. So vernahm er denn bald, was Großes, Umwälzendes in Peters Denken und Leben hineingekommen war, und daß vor diesem ganz Großen das, was dem vom Schicksal hart Getroffenen so schwer und groß und unüberwindlich erschienen war, in ein Nichts zusammenschrumpfte. Daß es nicht nur Ansichten, nicht nur eine Art philosophischer Theorien waren, die auf den Kopf beschränkt blieben, sondern eine überwindende und das Leben bestimmende Kraft, davon konnte sich der Lehrer überzeugen. Die Tiefe und Reife der Gedanken, die Ruhe und Klarheit im Wesen des vor ihm sitzenden Mannes verfehlten des Eindruckes nicht. «Ja», sagte er, «einst bist du mein Schüler gewesen, jetzt möchte ich zu dir in die Schule gehen.»

«Nur in der Hitze des Leidens reift die Frucht!» erwiderte Peter.

Dieses Wort wurde dem Lehrer zum Trom, an das er sein besonderes Anliegen anknüpfen konnte. «Ja, du hast viel durchgemacht», begann er, «aber es liegt hinter dir. Der Winter ist vergangen, und der Frühling ist für dich herbeigekommen.» Und ohne Umschweife griff er in den Mittelpunkt. «Weißt du eigentlich, daß deiner noch, wenn auch etwas spät, ein holder Frühling winkt? Daß dort drüben hinterm Wald eine treue Seele auf dich wartet, ja sehnlich wartet, ein Menschenherz, das auch eine lange, frostige Winterszeit durchgemacht und durchgekämpft und doch durch alles hindurch im tiefsten Innern dir eine warme Treue bewahrt hat? Ich kann mir doch nicht denken, daß du immer noch so tief eingefroren wärest, daß du das nicht fühltest.»

Peter war überrascht, in seinen gegenwärtigen innern Kämpfen sich so meuchlings überfallen zu sehen. Lange mußte er sich sammeln, bevor er zu einer Antwort fähig war. Er sah, daß es da kein Ausweichen gab, daß er ans Licht bringen müsse, was in seiner Herzenskammer vor sich ging. Mit Mühe nur und in abgerissenen Sätzen erzählte er von dem Neuen, das durch Käthis Besuch wie ein Blitz in sein ruhiges Leben, sein befriedigtes Dasein, gefallen war, von dem Kampf, in den er geworfen wurde. «Das Herz möchte wohl, es ist warm und voll; – aber der Geist – das Gewissen . . . !»

Der Freund vermochte kaum den Freund ganz zu verstehen. Er griff auch sogleich von einer ganz andern Seite ein. «Mir scheint», sprach er, «du denkst zu viel an dich. Prüfe dich, gibt es nicht auch eine bequeme Frömmigkeit, bei der sich alles ums eigene Wohlsein, um die eigene Geborgenheit dreht? Dort ist eine Frau, die mit bewundernswerter Tapferkeit ihrer großen, fast übergroßen Aufgabe vorsteht. Ihre Kinder wachsen heran; sie ist eine gute Mutter, hält die Kinder in guter Zucht. Aber ob sie ihrer auch Meister wird, wenn sie heranwachsen und ihre Hörnlein zeigen, die – ich fürchte – nach ihrer Abstammung nicht klein und weich bleiben werden, das muß ich mich billig fragen. Nach meiner Beobachtung zeigt sich immer ein Mangel in der Erziehung, wo die feste Hand des Vaters fehlt. Käthi bedarf des Beistandes, der Stütze auch im ganzen Betrieb. Und noch das Allerwichtigste: was könntest du ihr und dem ganzen Haushalt sein als der du bist, ein abgeklärter Charakter, ein überzeugter Christ. Und du kannst das sehen und dein Pfund im Schweißtuch begraben und der ruhevollen Betrachtung pflegen?»

Peter hatte aufgehorcht bei diesem kategorischen Zuspruch. Beim letzten Angriff hatte er parieren wollen und sagen, daß er in seiner neuen Heimat durchaus kein Einsiedler sei, daß er keineswegs die Gelegenheit meide, Gutes zu wirken. Aber er schwieg, das Freundeswort hatte ins Zentrum getroffen.

«Und dann noch eins!» nahm der Lehrer wieder das Wort, «heißt es nicht im Hiob: Haben wir das Böse empfangen in unserm Leben, sollten wir das Gute nicht auch annehmen?»

Das zwang doch Peters ernstem Gesicht ein Lächeln ab. «Bist ein schlauer Ausleger! Umgekehrt steht es. Aber wer weiß», fuhr er wie für sich redend fort, «vielleicht ist's diesmal auch so wahr und gut!» Der Lehrer war gewiß, daß sein Pfeil stak.

Der Gast wünschte noch die originelle Behausung des Wedelemachereinsiedlers zu besichtigen. Geradezu einen Freudensprung tat er, als er die Flöte entdeckte. «Ha, wir werden wieder zusammen musizieren, grad an deinem Hochzeitstag machen wir den Anfang!» rief er begeistert. «Und hier das Kreuz an der Wand, es spricht wie kein anderes Zeichen von unserem Erlöser!» Dann machte er sich auf den Heimweg, durch den Kohlgraben natürlich. Ob und wie lang er sich noch am Gartenzaun bei der Kohlmatt versäumte, wer kann es sagen? Immerhin fiel es den Hausgenossen auf, wie heiter Käthis Auge an diesem Abend leuchtete.

Das Brot im Haus war fast aus; es mußte noch die Hebi in den Teig kneten; denn morgen war Backtag, ein kleiner, freilich für die Kinder recht großer, aber für die Hausfrau mühevoller Festtag im Bauernhaus. Aber so munter wie noch nie ging das Werk vonstatten; kräftig griffen die nackten, runden Arme der Hausmutter in die Mulde.

Unterdessen hackte Peter in seinem Waldwinkel ebenso kräftig die Äste zurecht. Auf seinem erst noch recht beschatteten Gesicht leuchtete jetzt ein froher Schein. Aber dann glitt doch wieder ein nachdenklicher Zug darüber. Nur eine Frage beschäftigte ihn noch:

Sollte er einen Besuch in der Kohlmatt wagen? Oder sollte er abwarten, ob Käthi noch einmal nach ihm sehen wolle? Der dritte Tag schon seit des Freundes Besuch, und nur die Vögel hatten ihn gegrüßt. Eben war er daran, eine Bürde zu binden; er beugte sich über den Wedelebock, griff nach der Kette. Da sah er plötzlich weder Kette noch Draht noch Zange mehr, fühlte aber zugleich über seinen Augen zwei warme Hände, während eine liebe, neckische Stimme fragte: «Errat, wär het di?» – «Ds Käkeli!» kam es ohne Besinnen aus seinem Mund, und augenblicklich ließen die Hände los.

«Ändlich bin i dr wieder ds Käkeli!» jubelte es.

«Wie albe!» sagte Peter ebenso fröhlich, und in sein Auge trat feuchter Glanz.

Wie war das gute Käthi zu diesem Anflug jugendlichen Übermuts gekommen? Hatte ihm vielleicht der Lehrer ein Licht aufgesteckt und es zu einem so kühnen Handstreich ermuntert? Wir müssen das vermuten. Hauptsache ist, der Überfall gelang, fand keine Gegenwehr; denn im rechten Augenblick war er erfolgt.

Wir wollen sie nicht belauschen, die zwei im hintersten Winkel der Welt. Genug, daß Herzen und Hände sich fanden. Die Vögel rings auf den Zweigen schauten verwundert und doch verständnisvoll auf die zwei Menschenkinder herab, fragten sich nur, warum man sie so lange vergessen konnte. Bis endlich doch der improvisierte Tisch gedeckt wurde und auch sie zu ihrem angewohnten Recht kamen. Eine herrliche, frischduftende Züpfe lag da, an deren langen, feinen Fasern man merkte, daß der Anke nicht nur neben der Mulde gestanden hatte, und die Hammenschnitten fehlten auch nicht, beides freilich in erster Linie nicht für die Vögel bestimmt.

Gertel und Wedelebock hatten gute Ruhe an diesem Nachmittag. Dafür ließ Kätheli nicht ab, bis sein Geliebter zur Flöte griff und ein Lied ums andere, einen heitern Triller um den andern ihr entlockte. Noch nie hatte das alte Instrument so süß geklungen; so schön war's, daß die Vögel erstaunt verstummten.

«Wie albe!» sagte Peter wieder.

«Nei, viel tusigmal schöner!» behauptete Kätheli.

Es nachtete. Wieder begleitete Peter Kätheli, jetzt sein Kätheli, durch den Wald. «Ietz si mer a de Flüehne verby!» sagte Peter.

«A dir Site gsehn i kener!» gab es zur Antwort.

«No bis dert zum Schürli!» bat es, als sie den Wald hinter sich hatten.

«Ja, no so gärn!» sagte Peter.

«Eh, no bis zur Brächhütte! Weischt no?»

«Ja, frili; ds Füür brönnt wieder, und ds Beschte, mir bruuche nid meh z'lösche.»

«O, doch no bis zum Weier.»

«Ja, ja, wenn de willscht.»

«O, du, mi Läbesretter!» sagte es und gab ihm einen Kuß.

«Du hesch es wett gmacht, hescht mi o us ere Gfahr use grettet.»

«Und nid no chli wyter?»

«Bis zum Grab!» sagte Peter mit fester Stimme.

Dann kehrte er in seine Klause zurück und schrieb noch am selben Abend an seine Schwester, daß er nächsten Sonntag nicht heimkommen könne, dafür am andern um so lieber. «Ich bin wieder ganz gesund!» hieß es am Schluß.

«Hüt überchöme mer de e liebi Visite!» sagte Käthi am Sonntagmorgen zu seinen Kindern. «Säget ihm de Unggle!» – «Jä ischt er üs verwandt?» wollte der Älteste wissen. – «Ja, ja, rächt nach verwandt!» sagte die Mutter und machte sich in die Küche, um allfälligen Fragen nach genauen Verwandtschaftsgraden auszuweichen. In der Küche hatte sie alle Hände voll zu tun; denn gebührend sollte dem werten Gast aufgewartet werden.

Recht schüchtern wurde der Unggle von den Kindern begrüßt, aber im Schwick tauten sie auf, als er gemütlich mit ihnen sprächelte, nach ihren Küngeln und dem Lämmchen sich erkundigte. Das kleine Ännchen holte von selbst sein Bäbi und setzte es ihm aufs Knie, schaute ganz vertraulich zu ihm auf und sagte: «Gäll, du bischt däm si Drätti, ds Mueti hets gseit.» – «So, so, hets gseit?» sagte der Unggle lachend, und jetzt zog er aus seinen Taschen heraus eine ganze Menagerie von zahmen und wilden Tieren, immer noch eins und immer noch eins, stellte sie auf den Tisch und bestimmte, wem jedes gehören soll. «O wie schön!» rief's wie aus einem Munde. «Mueti, Mueti, chumm cho luege! Lueg ds Rößli, me ghörts grad, wie's rüchelet!» – «Ja, und 's Chälbli, wie's ds Gringli dräit!» – «Und das Häsli, wie's lost mit sine längen Ohre!» – «Und's Lämmli, wie's gümperlet!» – «Und dä Fuchs, wie-n-er schlau driluegt!» Als dann die Mutter sagte: «Ja, und dir müeßt wüsse, das het dr Unggle alls sälber gmacht!» da staunten sie ihn mit großen Augen und offenem Mund an: «Du bischt aber e gschickten Unggle!» – «Ja und e liebe», setzte Änneli hinzu und saß schon ganz glücklich auf seinem Knie. Allerlei plauderte er mit ihnen, fragte zum Beispiel den Hansueli nach der Schule und ob die Lehrerin auch Haar an den Zähnen habe. «Nei, numen es ganz chlys Schnäuzli», behauptete der. Kniffliche Rechnungen gab er ihnen auf, wie etwa die: «Wenn siebe Spatze uf eme Ascht hocke und de chunnt e Chräie ufe glychen Ascht, wie mänge Vogel ischt de druff?» «Acht!» – «Meinet dr? Äbe nid! Numen eine, die Spatze flüge dervo, was d'gischt was d'hescht.» Kurzweilig war's mit ihm. Dann führten sie ihn in den Stall, zeigten ihm das lustige Füllen, die jungen Kaninchen. Als sie dann auf dem Bänklein saßen, da hatte er bald für die Knaben ein Wasserrädlein gemacht, das hurtig unter dem Strahl des Brunnens sich drehte und spritzte, und für das Änneli ein Windrädli, mit dem es vergnügt herumsprang. Auch mit den Dienstboten wechselte Peter freundliche Worte, und der Knecht meinte nachher: «Es ischt doch kurios, wie dä ds ganze Heimet chennt; potz Miesch, dä versteit öppis!»

Als man zum Essen rief, was kam da noch herangehumpelt, mit gekrümmtem Rücken, fast zweifach, auf einen Stecken gestützt, mit verrunzeltem Gesicht, es Hämpfeli Eländ? – «Ds Stüdi! Eh, das alte, guete Stüdi!» rief Peter. «Ja, und du bischt dr Peekli, isch's mügli! Eh, wie mi das freut!» «Mi o! So, du bischt gäng no da? Das ischt schön.»

«Me cha nid säge: gäng no! Me mueß säge: Wiederume da! Wo no keni Ching gsy sy, da het me gloubt, es sig ke Platz meh da für nes alts, gstabeligs Stüdi; aber ietz, wo vier Ching da sy, da het me glych no es Plätzli für ihns gfunge. I mim schattige, chalte Bhusegli wär i gly verchummeret und verräblet; lue wie mi d'Gliedersucht zuegrichtet het!» – Und es zeigte ihm seine verkrümmten, verkrüppelten Hände. «Aber ds Kätheli, die gueti Seel, het si miner erbarmet. O we du wüßtischt, was das für nes guets Härz het!»

Käthi hob drohend den Finger auf: «Stüdi, häb Ornig! Du weischt, daß i das nid gärn ha!»

«He, was wahr ischt, wird me däich wohl öppe dörfe säge!» gab Stüdi zurück.

«I weiß's, Stüdi, i weiß's scho!» sagte Peter und nickte ihm beifällig zu.

Immer wieder mußte Stüdi in die zwei glücklichen Gesichter schauen. «Jetz chunnts guet!» brümmelte es vergnügt in sich selber hinein.

Nur mit Mühe konnte die Hausfrau einen Augenblick zu vertrauter Aussprache im Stübli erlisten. «Ja, ja, ds Brüggli zu dene Wildfängen ischt scho gschlage», begann es mit strahlendem Gesicht. «Und was ds Stüdi ageit, gäll, du hescht einisch nüt drgäge, daß es dablybt?» «Kätheli, we's gilt, es Unrächt guet z'mache und ame-n-arme Möntschechind Barmhärzigkeit z'üebe, de bin i gäng drby!» antwortete Peter und drückte warm die Hand, die in der seinen lag.

Dann hatten sie noch wichtige Sachen zu besprechen. Ein Schatten flog über einen kurzen Moment über Käthelis Gesicht, als Peter sagte, seinen Kontrakt mit dem Baumeister müsse er unbedingt innehalten, und das ziehe sich in den Herbst hinein. «Ja nu, we's nid angers geit!» beruhigte es sich. «Aber gäll, me gseht di de chli meh als bishär?»

«Häb kei Angscht! I vergilte dr dis Cho hundertfältig!»

Am nächsten Sonntag dann, wie staunte das gute Bethli, als nicht nur sein Bruder, sondern an dessen Arm noch eine stattliche junge Frau in flotter Bernertracht daherkam. Noch fast größer war seine Überraschung als damals, da Peter mit dem Trögli auf dem Räf erschien. Jetzt brachte er freilich ein anderes Gesicht mit; es stach gegen das damalige ab wie der heiterste Maitag gegen einen eingefrorenen, finstern Wintertag. «So, da gsächischt ietz di zuekünftegi Schwägeri!» grüßte er schalkhaft. Nur für einen Augenblick schlich sich ein wehmütiges Gefühl in Bethlis Herz beim Gedanken, daß es nach den schönen Jahren geschwisterlichen Beisammenseins nun bald wieder einsam seinen Weg gehen sollte. In edler Selbstlosigkeit konnte es sich aufrichtig freuen über das unverhoffte Glück seines Bruders. Frauen schließen sich leicht aneinander, wenn sie gegenseitig Verwandtes spüren in ihren Herzen, und das war hier der Fall. Nach wenigen Augenblicken anfänglichen Schenierens war die Wand zwischen der armen, unscheinbaren Nähterin mit dem Högerlein und der reichen, schönen Bäuerin in nichts zusammengesunken, und wie Schwestern fühlten sie sich. «Was hescht du doch für ne goldegi Schweschter!» flüsterte Käthi dem Peter zu, als sich Bethli in die Küche verzogen hatte. «Und alls ischt so suber und so heimelig. Gäll, ietz reuts di fascht, da furt z'müeße u zu mier z'cho?»

«Ja, häb mi nume fescht!» gab Peter zurück und lachte.

Käthi machte im Lauf des Gesprächs den Vorschlag, Bethli solle doch dann zu ihnen in die Kohlmatt übersiedeln. Aber Bethli wehrte ab, hier sei es daheim, habe hier seine Kundschaft. Freilich für einen Tag oder drei werde es gerne kommen und schauen, wo sie wohnen und wie sie's haben, wenn es dann soweit sei.

Bald hätte es Differenzen abgesetzt, als Peter vorschlug, auch den Pfarrer zu grüßen. «Gang alleini», sagte Käthi, «i blybe derwyle bim Bethli. I bi gar es Dumms u bi gäng schiniert bi Herelüte.»

«Ja, channscht dr ybilde, mis Liebe», versetzte Peter, «grad di mueß er gseh, du bischt d'Houptpärson hüt; mi chennt er scho lang.» So gab es sich drein, wenn auch ungern; fast nicht abtrappen durfte es auf dem glattgewichsten Stubenboden. Aber dann wurde ihm fast lächerig zu Mute, als der Pfarrer in seiner Überraschung einen kleinen Gump nahm. Und als es sah, wie freundschaftlich er zu Peter war, ihm die Linke auf die Achsel legte und die Rechte drückte und ihm so warm und fröhlich gratulierte und dann auch ihm, dem Käthi, ebenso herzlich Gottes Segen wünschte, da schmolz seine Befangenheit wie Schnee an der Sonnseite. Aber dann erchlüpfte es doch, als er mit gut gespieltem Ernst weiterfuhr: «Eigetlich sötti Euch bös sy, daß Dir mer mi beschte Fründ und Hälfer i dr Gmeind ewäggstählet! – Aber nei», fuhr er sogleich fort, als er Käthis erschrokkene Miene sah, «nei, nei, i gönnen Euch e derige Ma; i gseh scho, Dir sit siner wärt. U de darf i nid sälbstsüchtig sy; er wird dert i euem Grabe o si Ufgab ha.» Zu Peter gewendet, sagte er: «Ja gäll, ietz channscht o säge wie dr Joseph: Ihr Menschen gedachtet es böse mit mir zu machen, aber Gott gedachte es gut zu machen. Ja, we me nume gäng chönnt warte! Aber du hesch es glehrt, nid wahr?»

Auch die Frau Pfarrer kam, bezeugte ihre Freude nicht weniger herzlich, sprach mit Käthi, wie wenn sie es schon lange kennte und es ihresgleichen wäre. Viel gab es noch zu fragen und zu erzählen, so daß ihnen die verfügbare Stunde allzukurz wurde. Als der Pfarrer vernahm, daß die Flöte eigentlich die Vermittlerin des Zusammenkommens war für die zwei, da konnte er sich kaum halten vor Entzücken. «Ja, die Musik, die edli Gottesgab!» rief er aus. «Was cha si usrichte, we ne Luft us dr Himmelswält dri wäiht!» Dann bekam seine Stimme einen schier wehmütigen Klang, als er daran dachte, daß er nun seinen lieben musikalischen Kameraden verlieren sollte. Um seinen Gedanken eine andere Richtung zu geben, setzte er sich ans Klavier, spielte und sang:

> Die Wege sind oft krumm und doch gerad,
> darauf Gott lässet seine Kinder gehen.
> Da pflegt es wunderseltsam auszusehen;
> doch triumphiert zuletzt sein hoher Rat.

Schweigend sahen dabei die Brautleute einander an mit einem Blick, der sagte: «Ja, so ist's; das ist das rechte Wort für uns!»

«Aber gäll, du gischt is de zäme am Fritig na Bättag?» bat Peter beim Aufstehen. «Mir möchte bi niemeren anders Hochzit ha.»

«Vo Härze gärn!» antwortete der Pfarrer, «das ischt mer ietz no die gröschti Freud.»

Als die beiden das Gartentöri hinter sich hatten, machte sich Käthi mit komischer Gebärde ganz klein und bemühte sich, von unten her an seinen künftigen Mann hinaufzuschauen, indem es sagte: «Me ma fascht nid z'oberischt a di ufegluege. I cha mi richtig meine mit so ame vürnähme Ma, wo mit dem Herr Pfahrer uf du und du steit! Aber daß Pfahrerslüt so gmein, so niederträchtig chönnte sy, hätt i o nid gloubt.»

Peter lachte wieder einmal; er lachte überhaupt in den letzten sieben Tagen mehr und besser als vorher in sieben Wochen. Käthis Ausdrücke über die Pfarrersleute kannte er übrigens; er wußte, daß sie nicht etwa einen Tadel, sondern das höchste Lob bedeuteten. – Käthi hätte auch Ursache gehabt, sich zu meinen, wenn es gehört hätte, was die Frau Pfarrer zu ihrem Manne sagte. «Jetz begryffen is, daß dr Peter schwärmüetig worden ischt, wo se die wüeschte Lüt usenander gsprängt hei. E deregi Frou! Was mueß das für nes schöns, amuetigs Meitschi gsy sy!»

Als Peter, wie er's gewohnt war, nach dem Abendessen die Bibel vom Bänklein nahm, den 23. Psalm las und die herrlichen Worte vom guten Hirten in Johannes am zehnten und dann ein von Herzen kommendes Gebet sprach, da gingen Käthi die Augen über. So etwas hatte es noch nie gesehen und gehört in einem Haus und am Tisch. Es legte seine Hand auf Peters Hand und sprach: «Gäll, so machsch es de daheimen o?»

«Wie chönnti anders?» antwortete er, «das ghört zur Chrischtepflicht und zum tägliche Brot.»

Die beiden hatten sich nicht ganz unsichtbar machen können beim Abreisen und bei der Heimkehr. Am nächsten Tag kam die Nachbarin zum Lehrer an den Gartenhag mit einem Gesicht, dem man ablesen konnte, daß etwas Unerhörtes geschehen sei.

«Jetz mueß i di doch emel frage: Weischt du, daß ds Chohlmattkäthi wott hürate?»

«Ja frili, ischt das so öppis Unbegryfflichs?»

«He nei, das nid. Aber es Wedelemandli! Däich doch, e settegi Büri un es Wedelemandli! Het me scho so öppis ghört?»

«Das ischt kes Mandli, das ischt e Ma!» gab der Lehrer mit echter Schulmeistermiene zur Antwort. «E Ma! Zell druf, du wirsch es gseh!»

Nachwort zur neuen Auflage und Ausgabe

Als der Blaukreuz-Verlag Bern uns Nachkommen von Gottfried Fankhauser anfragte, ob er sein Buch «Der Wedelemacher», das 1946 erschienen war, neu herausgeben dürfe, haben wir freudig zugestimmt. Es ist also ein altes Buch, das der Leser in den Händen hält, der damit noch in die automobillose Zeit versetzt wird, nicht aber in eine unrealistische gute alte Zeit. Er wird die besonderen Qualitäten von Vaters anerkannter Erzählkunst bald entdecken, und der geistig-geistliche Gehalt der Geschichte wird ihn nicht unberührt lassen. Eine kleine Welt des Oberemmentals, die es so wohl kaum mehr gibt, hat der Verfasser, der darin aufgewachsen ist, mit großer Anschaulichkeit packend geschildert.

Ein Wort über den Verfasser. Gottfried Fankhauser wurde 1870 in Trub, im Herzen des Emmentals, geboren und ist in seinem Wesen ein Emmentaler geblieben. Das zeigen besonders zwei seiner Erzählungen. Die große «Am Himmelbach» und die vorliegende kleinere. Mein Vater wurde im Muristalden-Seminar zum Lehrer ausgebildet und ist später Vorsteher dieser Anstalt geworden und 1962 in Bern gestorben. Besonders durch seine «Geschichten der Heiligen Schrift für den Dienst an Kindern» ist er weit über unser Land hinaus bekannt geworden. Da im «Wedelemacher», besonders in den Gesprächen, viele emmentalische und berndeutsche Wörter und Ausdrücke vorkommen, habe ich eine Liste zusammengestellt, die sich als Hilfe anbietet, wo sie nötig ist. Inhaltlich habe ich im Sinne des Autors nur aus sachlichen Gründen kleinere Änderungen vorgenommen.

Juni 1990, Paul Fankhauser, alt Pfarrer, Muri bei Bern

*Erklärung einiger berndeutscher und
emmentalischer Wörter*

Die Berner Mundart konnte nur ausnahmsweise in die heute übliche Schreibweise umgeändert werden, wie etwa Chrütz in Chrüz, Chries in Chris, aber Freude wurde nicht zur Fröide und neu nicht zu nöi. Hoffentlich mindert das die Freude nicht! Im Wortverzeichnis ist die neuere Schreibweise meist angedeutet.

afen	einstweilen (anfangs)
äis	jenes
Ätti	Vater
bchyme	sich erholen, genesen
bherte	sich behaupten, bewahrheiten
Bränte oder Brente	großes Milchtraggefäß
brav	gehörig, tüchtig, stark
briegge	weinen
Bsetzi	Steinpflaster
chaischt	du kannst
chläiche u byschte	klagen und jammern
Chlupf	plötzlicher Schreck
chniepe u schlarpe	klagen und jammern
Chris	Tannenreisig, Tannennadeln
chüschtig	wohlschmeckend
däiche	denken
d(e)rwyl ha	Zeit haben
donschtig	Kraftausdruck
Drätti, Ätti	Vater
emel	wenigstens
erchlüpfe	erschrecken
ertrouche	ertrunken

ferm	groß, stark
frein	liebenswürdig, freundlich
fürig	übrig, vorrätig
Füürblatte	Kochherd
fyschter(i)	dunkel, finster
gäbig	gut brauchbar, bequem
Gaden	Raum in den oberen Stockwerken des Bauernhauses
gäng	immer
Gänterli	kleines, meist an Wand hängendes Schränkchen
Gertel	breitschneidiges Hackmesser
gleitig	flink, behend
gluschte	gelüsten
Göhl	Dummkopf, Trottel
Grämpler	Kleinhändler
gramsle	kribbeln
Gring, Grind	Kopf
Grööggel	Knirps
gstabelig	steif, klamm
Güeterbub	Verdingbub
Guschti, Gusti	junges Rind
Hä(r)peli	schmächtiges Kind
Hebi	Hefe
heel oder häl	ganz und gar
henu-so-de	also, meinetwegen
hotten, es hottet	gut gehen
Hutte	Rückentragkorb
Jungfrau	Magd
kifeln (chifle)	zanken, sich streiten
knorzen	sich abmühen mit
Küngel	Kaninchen
Kuppele, auch Chuppele	Gruppe, Grüppchen

Längizyti	Heimweh, Sehnsucht
Laueri	Nichtsnutz
lisme	stricken
luege	schauen, nachsehen
Meitschi	Mädchen
Melchterli	Holzgeschirr mit einem Henkel
Miesch	Moos
Milchbrente	Milchgefäß mit Tragriemen
Militärkaput	Soldatenmantel
muderig	kränkelnd, unwohl
muggle	murren
naadisch	doch, wahrlich
nächti	gestern abend
nar(r)ochtig	närrisch, übermütig
nawässig	gründlich
neue, nöie	irgendwie, eigentlich
nifle	herumbasteln
nuusche	suchend herumstöbern
öppe	etwa
plange	sehnlich warten
prätsche, brätsche	mit flacher Hand Schläge austeilen
Räbeli	mageres schmächtiges Geschöpf
Räf, Rääf	hölzernes Rückentraggestell, böse Frau
redig	gesprächig
Rösti, sprich Röschti	feingeschnittene Bratkartoffeln
Runzifall, im sein	in der Klemme
Schlabi	Trottel
Schleipftrog	Hemmschuh

schüüche	scheuen
Stabelle	hölzerner Stuhl mit Lehne
stober	verdutzt, verwirrt blicken
Stör	Arbeit im Haus des Arbeitgebers
stotzig	steil
Täubi, Töibi	Zorn, Wut
tifig	flink, schnell
Träf	(Seiten)hieb, treffender Schlag
Trämel	Baumstamm am Boden
treiche	trinken
Trüecht	übelbeleumdete Frau
trüeijen	stark werden, zunehmen
Trumm wie Trom	Ende des Fadens, Garns
Uflat	grober, unflätiger Mensch
ungersetzt	vermöglich
untan nid	nicht schlimm, ganz angenehm
verhürschet	verwirrt
verschmeiet	verdutzt, verwirrt, verdattert
versuume	versäumen, Zeit rauben
Wärchadere	unermüdlich arbeitende Frau
Wedele	Reisigwelle, Holzbündel
Wedelebock	vierbeiniges Holzgestell, in das man die Hölzer einlegt und mit Draht bindet
Weggli	kleine Brötchen aus Weissmehl und Milch
yschäiche	einschenken
Znüni	Imbiss um 9 Uhr
Zwänggring	wer seinen Willen mit Trotz durchsetzt

Inhalt

Peter findet eine neue Heimat 5

In Schule und Haus erlebt Peter Neues 18

Ein Hoffnungsschimmer erlischt,
aber ein Trostlichtlein geht auf 34

Sonne und Liebe bringen einen Frühling,
und Gewitterwolken sind auch schon da 51

Es kommt eine Brechete und ein Bruch 63

Peter wird Wedelemacher und hackt
hartes Holz 77

Ein Kranker kommt einem guten Doktor
in die Hände 94

Der Wedelemacher wird Schindler
und der Schindler Pfarrhelfer 107

Ein Stärkerer kommt über den Starken
und über den Stärkeren der Allerstärkste 116

Die Flöte verrät einen Einsiedler
und führt zu Überraschungen 141

Die Wege sind oft krumm und doch gerad 162

Nachwort zur neuen Auflage und Ausgabe 179

Erklärung einiger berndeutscher und
emmentalischer Wörter 180